Über den Autor

Horst Gässler, Gymnasiallehrer für Latein und Englisch a. D., beschäftigt sich seit vielen Jahren kritisch mit pädagogischen und gesellschaftlichen Themen.

Folgende weitere Bücher sind bisher erschienen:

- **Die Arroganz eines Verlierers – Unsere Zivilisationslüge**
  Leben wir in der Zivilisation, die wir vorgeben zu sein? Ist die Kunde vom Homo Sapiens Fake News?

- **Mit dem System zum Terror der Macht** – *Die phantastischen Abenteuer eines Ritters von der traurigen Gestalt, der auszog um Bildung zu lehren* – Tatsachenroman
  (Darin werden exemplarisch die internen Paradoxien von Macht und Ohnmacht, von Anspruch und Wirklichkeit in unseren Schulsystemen, denen Lehrer oft ausgesetzt sind, von einem Insider aufgedeckt)

- **Das Fettauge** – Roman
  (Unsere Gesellschaft in der Sackgasse einer zerstörten Welt und manipulierten Zukunft, aus der nur ein radikaler Neuanfang führen kann)

Horst Gässler

Adern im Stein

Erzählungen

Bibliografische Information der Deutschen Nationalbibliothek:

Die Deutsche Nationalbibliothek verzeichnet diese
Publikation in der Deutschen Nationalbibliografie;
detaillierte bibliografische Daten sind im Internet
über dnb.dnb.de abrufbar.

Erste Ausgabe 2002
Zweite veränderte Ausgabe 2018

Herstellung und Verlag:
BoD – Books on Demand, Norderstedt

ISBN: 9783748132882

Inhalt

Sechsundzwanzig Sekunden zum Leben

I

Verwundert blieb Frau Lehnbach vor dem Haus mit der Nummer 12 auf pinkfarbenem Schild in der Birkenstraße stehen. Es gehörte zu einem Reihenhauskomplex von fünfzehn Taubenschlägen, den ein findiger Bauunternehmer auf einer ehemaligen Schuttdeponie zu ortsgünstigen Preisen errichtet hatte. Für Menschen wie Frau Lehnbach war der Preis für eine eigene Bienenwabe noch erschwinglich - auf Kosten jeglicher individuellen Form, versteht sich. Frau Lehnbach bewohnte mit ihrem Mann - er war vor einem Jahr in Pension gegangen - den letzten Block. Den hatten sie sich damals rechtzeitig gesichert, »weil da ein bisschen mehr Luft hinten hinaus ist und man einen schönen Blick zum kleinen Wald hat«.

Immer noch stand Frau Lehnbach nachdenklich vor dem Haus Nr.12. Eigentlich hätte sie jetzt schon auf dem Weg über die Brücke, die den Anwohnern die Überquerung einer Schnellstraße ermöglichte, sein müssen. Es war bereits fünf Minuten nach neun Uhr, und Frau Lehnbach verließ stets um punkt neun das Haus, um in dem kleinen Supermarkt, der ungefähr zehn Gehminuten entfernt war, einzukaufen.

Ihr Blick glitt vom Küchenfenster nach oben, schweifte die beiden Fenster im ersten Stock entlang und wanderte dann den gleichen Weg wieder zurück. Was Frau Lehnbachs Verwunderung hervorrief, war die Tatsache, dass alle Rollos noch herabgelassen waren. Die hellgrauen Schablonen verwehrten jeden Einblick und verbargen die wohlaufgeräumten Gewürz- und Geschirrregale aus kräftig gemasertem Tannenholz. Immer wenn Frau Lehnbach das Haus passierte, blickte sie gern auf diese wohlgeordnete Welt. War es doch die Welt eines Junggesellen, der allen Gerüchten zum Trotz einen sehr geordneten Hausstand führte.

Frau Lehnbach hatte eine mütterliche Schwäche für Herrn Kulig. Sie liebte seine Art sich gepflegt zu kleiden. Er war ein Mann Anfang dreißig, etwa einen Meter achtzig groß, schlank mit schwarzem buschigem Haar und einem dünnen, strähnigen Oberlippenbart. Seine Ohren und sein Kinn waren ein wenig spitz geraten. Herr Kulig war höflich, aber zurückhaltend. Zu den Nachbarn hatte sich neben den alltäglichen Grußformeln kaum ein engerer Kontakt gebildet. Bisweilen machte Herr Kulig auf seine Umgebung einen geistesabwesenden Eindruck. Des öfteren hatten sich schon Nachbarn bei Frau Lehnbach beklagt, dass er noch nie gegrüßt hätte, wenn er in seinem sündhaft teuren Nobelauto an ihnen vorbeigefahren sei. Sie hatten auch sofort eine Schublade für Herrn Kulig bereit: snobistischer Neureicher!

Frau Lehnbach waren solche Gedanken fern. Was sie jetzt in ihrem Innersten beschäftigte, war die Frage, warum die Rollos von Herrn Kuligs Wohnung nicht hochgezogen waren. Seit sich »der junge Herr« vor drei Jahren hier niedergelassen hatte, war es das erste Mal, dass seine Fenster noch um diese Tageszeit verschlossen waren. Selbst an arbeitsfreien Tagen gehörte er zu den ersten der Häuserreihe, die mit dem unvermeidlichen Rattern der Rollos zu früher Stunde den Tag einläuteten. Die Zeit drängte jetzt Frau Lehnbach weiter, doch der Gedanke an das Außergewöhnliche ließ sie nicht mehr los.

II

Das Jahr strebte der Sonnenwende zu, und der gleißen-de Feuerball war um diese Tageszeit auf seiner Bahn schon weit nach oben geklettert. Ungeduldig prallten die immer heißer werdenden Sonnenstrahlen gegen die herabgelasse-nen Rollläden und begehrten heftig Einlass. Nur mühsam konnten sie sich durch die offengelassenen Luftschlitze der drei obersten Lamellenreihen hindurchzwängen und in das Zimmer dringen. Sie schienen in der ersten Dunkelheit des Raumes die Orientierung verloren zu haben, denn sie tanzten, zunächst ziellos, in flimmernden Bewegungen an der Wand, die dem Fenster gegenüberlag, umher. Viel-leicht verwirrten sie auch die vielen unterschiedlichen ge-ometrischen Muster der Tapete, die sie kein konkretes Ziel anpeilen ließen. Erst nachdem sich die Lichtaugen an die Dunkelheit des Raumes gewöhnt hatten, hoben sich auf ihren Prismen die Konturen des Mobiliars allmählich ab.

Das Zimmer bildete ein Rechteck von circa drei auf vier Meter. An der einen Stirnseite spannte sich ein de-ckenhoher Schrank über die ganze Breite. Es war zu ver-muten, dass hier Herrn Kuligs Anzüge, Hemden, Pullover und Mäntel fein säuberlich gestapelt und aufgehängt ruh-ten. Dem Schrank gegenüber stand in der rechten Ecke, fern vom Fenster, ein futuristisch anmutendes, übergroßes Bett. An den Seiten des Kopfendes ragten zwei stilisierten Flügeln ähnliche Flächen leicht nach vorne hochgezogen heraus. Je drei unterschiedlich große schwarze Rundungen hoben sich gespenstisch wie Argusaugen von dem helleren Hintergrund ab. Sie bildeten wohl die Ausgänge für die wattstarke Musik, die über die Miniturm-Stereo-anlage nach Bedarf eingespeist werden konnte. Ein Regal, das vollgestopft war mit Büchern und kleinen Figuren, hing so über dem Kopfende, dass die gewünschte Bettlektüre bequem von ihrem Standort entnommen und bei übermächtiger Müdigkeit ebenso leicht wieder an ihren Platz gestellt werden konnte, bevor der Lektor endgültig in den Schlaf sank. Dieser selbst wäre in dem Halbdunkel beinahe unerkannt geblieben, hätte nicht ein plötzliches Funkeln auf diese Stelle des Raumes aufmerksam gemacht. Ein Schweißtropfen, der in immer stärkerer Heftigkeit aus der Haut geport war, war überprall der Schwerkraft gehorchend die steile Fläche der Stirn hinabgerollt und über das Ende der rechten Augenbraue so auf das Kopfkissen kaskadet, dass er kurz aufblitzend die Bahn eines Sonnenstrahls kreuzte. Erst jetzt konnte man bei genauerem Hinsehen Teile eines Gesichts erkennen. Wie ein schützendes Dach war der obere Teil des Federbettes über den Kopf gezogen. Hier musste sich inzwischen ein gewaltiger Hitzestau entwickelt haben, der aber der verdeckten Gestalt höchst willkommen schien.

III

Kulig fühlte sich hundeelend. In Wechselbädern überfiel ihn einmal ein Schüttelfrost, dann wiederum wogte eine Hitzewelle durch seinen gebeutelten Körper. Nicht nur sein Fleisch, seine Sehnen und Muskeln fühlten sich kraftlos, auch sein Geist dehnte sich in matter, konturenloser Zweidimensionalität. Seine Knie hatte Kulig unter dem schweißfeuchten Federflaum wärmesuchend bis an die Brust heraufgezogen. Der Alptraum, seinen Dienst verschlafen zu haben perlte ihm in das nicht mehr saugfähige Textil seines Pyjamas. Nur kurz, halb wach und mit verschwommenem Blick, hatten seine Augen einmal den Schleier dieser mystischen Welt durchdrungen. Doch die Dunkelheit in seinem Zimmer hatte ihn beruhigt: der Tag war noch weit. Er war wieder zurück in ein tiefes, schwarzes Loch gefallen.

Aus dieser Unendlichkeit holte ihn schließlich der Schweißtropfen zurück, der gerade vorwitzig ins Nichts gesprungen war. Sein Weg hatte eine kitzelnde Spur hinterlassen, die nach und nach in Kuligs Haut eingesickert war. Dieses leise Prickeln schien das alte Leben in seine Nervenbahnen zu reiben. Kulig schlug die Augen auf, besser gesagt, nur das linke. Das rechte nämlich blieb, trotz der öffnenden Bewegung, verschlossen, weil es tief in das Kopfkissen gepresst war, so dass keinerlei Kuhle dem Lid Raum ließ. Als sich die Außenwelt auf Kuligs linker Netzhaut zu entfalten suchte, jagte Entsetzen durch die leidgeprüften Glieder. Die tanzenden Lichtpunkte an der Wand glotzten ihn wie überdimensionale Katzenaugen an. Ein Tropfen Salzwasser hatte sich beim Augenaufschlag wie ein Vergrößerungsglas vor seine Pupille gespannt und ließ ihn alles in schillernder Großflächigkeit sehen. Ruckartig hob er etwas den Kopf, wobei jetzt auch das rechte Auge nachzog, und weitete beide Augenlider bis zum Anschlag. Die Oberflächenspannung der Flüssigkeit riss und brannte Kulig das Salz in das Weiß seiner Augäpfel. Unwillkürlich tauchte die linke Hand aus der Waschküche unter der Bettdecke auf und rieb die gespenstischen Flecken aus den flammenden Augen. Erst jetzt bemerkte Kulig, in welchem Zustand sich er und seine Lagerstatt befanden. Prüfend hob er die Zudecke an und konstatierte mehr fühlend als sehend seine jämmerliche Lage. Aufatmend flüchtete die tropenwarme Luft nach draußen. Die unangenehme Abkühlung andererseits veranlasste Kulig dazu, die Falle schnell wieder zuklappen zu lassen. Völlig erschöpft kippte er in sein warmes Nest zurück.

Dumpf grübelnd fiel Kuligs Blick mehr zufällig auf den

Radiowecker, der als zuverlässiger Wächter gut sichtbar neben ihm aufgestellt war. Nüchtern starrten ihn die Digitalziffern der Frontseite an: 9:20. In jeder anderen Situation hätte ein Stromschlag Kulig aus dem Bett gerissen. Doch heute blieb er apathisch ruhig. Kein jagender Puls, keine hektische Betriebsamkeit, kein schlingendes Würgen. Das Fieber hatte ihm den Lebenssaft ausgedünnt. Der osmotische Druck war aus dem Lot.

Nach einiger Zeit rührte aber das über die Maßen lange Liegen an einem alten Nerv. Er hatte noch nie verschlafen und er hasste Unpünktlichkeit. Zwei Rekorde waren gleichzeitig zunichte. Er musste das Büro anrufen. Die haben sicher schon versucht, ihn zu erreichen. Er wälzte sich aus dem Leinen. Der eigene Dunst, der wie aus einer modrigen Gruft in seine Nase stieg, war ihm zuwider. Er schleppte sich aus dem dunklen Raum. Was wollte er? Ja, telephonieren! Er wollte sich schon zur Treppe, die nach unten führte, wenden, als die durchnässte Hose seines Pyjamas im Schritt kleben blieb. »Ich muss erst etwas Trockenes anziehen«, murmelte Kulig beinahe entschuldigend in den zuschauerleeren Flur. Er schlurfte in seinen schwarzen Lederpantoffeln, die sonst in präziser, schlupfbereiter Stellung neben dem Bett standen - heute musste er seine Füße allerdings mühevoll in die Öffnungen nesteln - , in das Badezimmer. Er tastete nach dem Lichtschalter. Als das Neonlicht aufflackerte, zwang ihn ein leichtes Schwindelgefühl , sich mit den Händen an dem weitläufigen Zwillingswaschbecken entlang zu tasten. Ihn fröstelte. Als er am linken Bassin angekommen war, musste er entkräftet innehalten. Sein Kopf hing schlaff herab, wie wenn er sich jeden Moment in das Becken übergeben wollte. Eine Zeit lang verharrte er in dieser Stellung. Kulig fühlte sich absolut leer.

Die Pause tat ihm gut. Er hob langsam den Kopf - und erschrak. Eine aschfahle Maske glotzte hinter dem Spiegel hervor. Ihre dunklen Haare klebten nass am Kopf. Eine Strähne hatte sich, aus dem Haupthaar aufsteigend, schräg in die Stirn gelegt. Der Schädel schien, durch den von der Lampe aufgeworfenen Schatten verstärkt, in zwei ungleiche Teile gespalten zu sein. Der Schnurrbart war vom unnatürlichen Liegen platt nach unten gepresst, und seine jetzt aus der Form geratenen Haare wirkten wie Reusen oder Tentakel vor dem halboffenen Mund. Backen und Kinn waren übersät mit kleinen schwarzen Pünktchen. Ein so starker Bart duldete keine späte Rasur. Noch war Kuligs Blick global. Er wagte es nicht, seinem Gegenüber direkt in die Augen zu sehen. Aber dann konnte er dem Zwang nicht mehr standhalten. Sein Blick kreuzte das fremde Augenpaar, bohrte sich durch dessen stechende Pupillen, als suche er erst weit dahinter das eigentliche Ziel. Langsam rekursierte der tiefe Blick in sein Bewusstsein. So entblößt war seine Existenz noch nie vor ihm gelegen. Bisher lag sie schön eingebettet in der Überzeugung, ohne ihn gehe nichts. Auch jetzt wieder legten sich Schuldgefühle über seine Unentbehrlichkeit. Ohne ihn war der Betrieb verloren.

Plötzlich kräuselte ein wellenartiges Zucken über sein Gesicht. Von der Stirn, die sich unmerklich straffte, ausgehend, erfasste es die Augenbrauen, die sich leicht nach oben zogen, ließ die Nasenflügel vibrieren - selbst die Ohren wippten in ihren Wurzeln - und zog die Mundwinkel weit in die Mitte der Backen. »Ja, sie werden heute ohne mich auskommen müssen, denn die Planung des Projektes läuft über meinen Computer, und der ist wegen der Brisanz der Thematik durch ein Passwort geschützt, das nur ich kenne. 'Goliath' wäre der Schlüssel zum Geheimnis, aber 'Goliath' nimmt sich heute einen Tag frei. Ich werde nicht im Büro anrufen!« Kulig fühlte eine sichtliche Genugtuung. Zum ersten Mal wurde ihm klar, dass auch seine Gesundheit nicht aus einer ewigen Quelle schöpfen konnte. Diese Erkenntnis spaltete unversehens die bisher nie in Frage gestellte Personalunion von Ego und Beruf in zwei Teile. Proportionalität war, so erstaunlich, vielleicht erschreckend das klingen mag, nicht mehr gefragt. Sechsundzwanzig Sekunden Zwiesprache mit seinem Gegenüber hatten zu dieser Wiedergeburt genügt.

Der Sekundenzeiger der alten Standuhr tickte in die siebenundzwanzigste Sekunde, das kurze Klacken der Mechanik rollte wie das Krachen eines von einer Sturmbö abgeknickten Baumes aus dem Uhrengehäuse in die Stille des Wohnraumes und dünnte zu einem ewigen Rauschen aus.

IV

Als Kuligs Gesicht seitlich aus dem Spiegel kippte, war er gerade dabei, seinen nassen Schlafanzug vom Leib zu ziehen. Er wollte den stickigen Schweiß aus den Poren duschen. Den Temperaturregler drehte er weit in das rote Feld und zog den Griff, der das Wasser frei gab, ganz aus dem modern geformten Tubus in der Wand. Mit der rechten Hand prüfte er den Strahl, der gesträhnt aus dem Duschkopf schoss. Dann stellte er sich unter das herabbrausende heiße Wasser. Langsam drehte er sich, abwechselnd den rechten, dann den linken Arm hebend, um die eigene Achse und gönnte auf diese Weise dem ganzen Körper, der die Wärme immer gieriger aufsog, diesen Genuss. Versunken in seine neue Welt kreiste er beinahe mechanisch in diesem Wärmestrudel. Dieses wohlige Gefühl konnte er nicht, wie er es sonst zu tun pflegte, mit einem abschließenden eiskalten Strahl zunichte machen. Nach

14

etwa siebzehn Minuten stieg Kulig dampfend aus der Duschkabine und streckte sich wohlig nach dem Badetuch, das über dem Korbstuhl neben der Glaswand bereit hing (Er hatte an dieser Stelle immer ein Badetuch hängen, da er einmal, aus Unachtsamkeit, alle großen Tücher gleichzeitig in die Wäscherei gegeben hatte und sich frierend mit dem knappen Stoff eines kleinen Handtuchs begnügen musste). Kulig legte sich das Textil um seine Schultern und begann, sich langsam von oben nach unten abzutrocknen. Dabei entdeckte der unvoreingenommene Zuschauer, dass dieser Vorgang mit einer Bewusstheit vollzogen wurde, die bisher in diesem geregelten und geplanten Leben für derartige Nebensächlichkeiten keine Nische gefunden hatte. Als er mit einer Ecke des Badetuches die letzten Nassflecken aus den Zwischenräumen der Zehen wegtupfte, huschte erneut ein Lächeln über sein Gesicht. Er konnte es plastisch vor seinen Augen sehen: Seine Arbeitskollegen schwirrten wie ein aufgescheuchter Bienenhaufen um einen viereckigen Kasten, der jede elektronische Anfrage mit dumpfem Schweigen, aber mit dem lakonischen Schriftzug »Ich kenne den Befehl nicht!« auf dem Bildschirm beantwortet. Mit beispielloser Emsigkeit suchten die Teamkollegen - jeder war sich sicher, des Rätsels Lösung zu kennen, und drängte den Vorläufer, dessen Erfolglosigkeit schon nach den ersten Tasteneingaben zu erkennen war, für den eigenen erfolgversprechenden Versuch Platz zu machen - nach dem Abrakadabra, das ihnen ihre Arbeitswelt neu erschließen würde. Keiner wäre jetzt auf die Idee gekommen, den Tag im Nichts enden zu lassen. Mit ein paar Spritzern aus dem Eau-de-Cologne Fläschchen zog Kulig einen endgültigen Strich unter die muffige Vorzeit. Dieses geheimnisvolle Wasser schien ihm neues Leben in seine Adern zu prickeln.

In Kuligs Magengegend rührte sich ein immer stärker werdendes Verlangen nach etwas Essbarem. Dies ist auch der Grund, warum unser Patient, nackt wie er ist, zielstrebig in seinen flauschigen Morgenmantel schlüpft und sich gut gelaunt in das Parterre begibt. Die Küche, in die uns Frau Lehnbach bereits einen Einblick gewährt hat, wird nun von einem ganzen Orchester von Geräuschen erfüllt. Das Rauschen von Wasser lässt darauf schließen, dass jemand Tee oder Kaffee aufsetzt. Das Aroma gemahlener, vakuumverpackter Bohnen, das unmittelbar darauf das gesamte Haus durchzieht, schafft schnell Klarheit. Ein gummiertes Klacken verrät, dass der Kühlschrank die gewünschten Vorräte freigibt. Kulig verspürt ein heftiges Verlangen nach herzhafter Kost. Mit einem wunderlichen Zischen öffnet sich die Gefrierbox und eine Packung mit zwei Frühlingsrollen verlässt ihre kalte Lagerstatt. Über deren Bestimmung gibt das Zuschnappen der Backrohrtür näheren Aufschluss. In der Behandlung von Tiefkühlkost war Kulig sehr bewandert. In vierzehntägigem Rhythmus füllte er dank des regelmäßigen Service der Firma »Foodfrost« seine Gefriertruhe nach vorher angelegter Liste auf. »Frühlingsrolle mit Sojasauce«, die er augenblicklich bereitstellt, stand mindestens einmal in der Woche auf seinem Speiseplan. Während die Elektrogeräte in der Küche ihre Dienste erfüllen, wabert Kulig ein seltsames Kribbeln unter die Haut. Es drängt ihn, die Maschinerie in seinem Computerstudio, die mit der seiner Firma verbunden war, einzuschalten und mit geisterhaften Befehlen seine Kollegen, die jetzt schon der Verzweiflung nahe sein mussten, an der Nase herumzuführen. Doch mit einem sichtbaren Ruck schüttelt er dieses Ansinnen von sich. Stattdessen bleibt sein Blick an einem rotbackigen Apfel, der zusammen mit anderen in einer stets griffbereiten Schale auf der

Arbeitsplatte liegt, haften. - Neben Bananen waren Äpfel das einzige Obst, das Kulig zu sich nahm. - Er ergreift die Frucht und hält sie sinnend in seiner Hand. Mit der ganzen Spanne fühlt er das fast vollkommene Rund und die glatte Haut dieses Naturprodukts. Zwischen seinen Fingern, deren Nägel äußerst kurz geschnitten waren, - Kulig bekam eine Gänsehaut, wenn seine zu langen Fingernägel auf der Tastatur kratzten. - steigt ein nie wahrgenommener Duft in seine Nase. Bisher dienten ihm Äpfel nur als Zwischenmahlzeiten, die für einige Zeit den Hunger stillten und in kurzer Zeit verzehrt waren. Niemals hat er einen Gedanken an deren Herkunft oder Eigenleben verschwendet. Alle seine Sinne werden jetzt von der faszinierenden Form und dem betörenden Geruch gefangengenommen. Der Stiel, der wie eine Antenne aus seiner Kuhle aufsteigt, erinnert als einziges Teil an die frühere Abhängigkeit. Die Reife, gewonnen aus dem Licht der Natur, hat ihn schließlich seiner Unabhängigkeit, seiner Freiheit zugeführt...

V

Die beiden Einkaufstaschen, die Frau Lehnbach links und rechts in den Händen trug, zerrten schwer an ihren Armen. Dieser Umstand hemmte jedoch ihren drängenden Schritt nicht. Es waren nur noch wenige Meter, bis sie in die Zufahrtsstraße zu den Reihenhäusern einbiegen konnte.

»Ob Herr Kulig inzwischen seine Rollos hochgezogen hat?«

Sie bog gerade um die Ecke der vorgelagerten Garagen. Ihr Blick eilte schon forschend voraus. Aber da Herr Kuligs Eigenheim im hinteren Teil der Häuserreihe lag, war der Winkel noch zu spitz, um Genaueres sehen zu können.

Ihre Augen fokussierten die Stelle, die ihr in wenigen Sekunden Gewissheit verschaffen musste. Tiefe Unruhe befiel sie, als sich ihr Blick in das geschlossene Grau der Jalousien bohrte.

Die linke Einkaufstasche, durch eine in der Aufregung unkontrollierte Bewegung in Schwung versetzt, wippte ihr vor das linke Bein und hätte Frau Lehnbach um ein Haar zu Fall gebracht, hätte sie nicht in dem entsetzten Bewusstsein zweier Milchflaschen mit der anderen Tasche geistesgegenwärtig gegengesteuert.

Frau Lehnbach konnte die Sache nicht auf sich beruhen lassen. Sie musste sich jetzt um Herrn Kulig kümmern. Quälende Zweifel hängten sich an ihren Schritt. Ihr Gang war schwer geworden. Zu Hause angekommen, fand sie keine Zeit, die Taschen zu entleeren. Selbst Milch, Sahne und Wurst mussten sich gedulden. Durch die Terrassentür sah sie ihren Mann in den Gemüsebeeten arbeiten. Sie wollte ihm nichts von ihren Ängsten erzählen. Hatte er sie doch einmal mit den Worten »Willst du dich bei dem Liebkind machen?!« äußerst verärgert, als sie Herrn Kulig wieder einmal ein paar von ihren köstlichen Winteräpfeln vorbeibrachte. Frau Lehnbach hielt es nicht mehr im Haus. Befreit von allen Lasten eilte sie den Weg zurück und drückte erst vorsichtig, dann, als keine Antwort kam, heftiger auf Kuligs Klingel. Auch nach mehrmaligem Läuten rührte sich nichts. Jetzt musste sie handeln. Sie drehte sich auf dem Absatz herum und hastete den gleichen Weg, den sie gerade gekommen war zurück. In der Diele ihres Hauses angekommen, rang sie mit sich, ob sie es wirklich tun sollte. Was wird geschehen, wenn sie sich irrte? Was werden die Nachbarn von ihr denken? Sie werden sie ein hysterisches Weib nennen, das es nicht ertragen kann, dass andere Leute länger schlafen. Ihr Mann würde ihr, leidenschaftslos, womöglich eine Affäre mit Herrn Kulig andichten. Sie wusste, dass alles Gerede nur Lüge sein konnte, denn sie hatte noch nie irgendwelche ungereimten Absichten, schon gar nicht im Hinblick auf ihre »Beziehung« zu Herrn Kulig, gehabt. Und doch... Trotz ihrer inneren Überzeugung nagten verschämte Zweifel an ihrer Selbstsicherheit. Immer stärker aber meldete sich Herr Kuligs Hilfeschrei in ihrem Bewusstsein und kämpfte schließlich alle aufkeimenden Verleumdungen nieder. Frau Lehnbachs schlanker, aber vom Fleiß der Tage sehniger Körper straffte sich zu einem unbeugsamen Willen. Mit entschlossenem Schritt blieb sie vor der für diesen Vorraum viel zu wuchtigen Bauernkommode, einem Erbstück, stehen, nahm den Telefonhörer in die linke Hand und wählte mit schnellem Zeigefinger die Nummer 338...Noch wären zwei Ziffern, die 4 und die 1 zu wählen gewesen. Als Frau Lehnbach jedoch sah, mit welcher Sicherheit und Geschwindigkeit sie Herrn Kuligs Nummer wählte, erfasste sie ein solcher Schrecken, das sie entsetzt den Hörer auflegte. Sie wandte sich verstört um, musste sich jedoch, Halt suchend, schnell an die Kommode anlehnen. Ein leichtes Beben rann von unten nach oben durch ihren Körper. Ihre Knie begannen in ungleichem Rhythmus zu zittern und der Schweiß, der ihr unter die Achseln kroch, fing sich auch unter ihrem Haaransatz im Nacken. Sie musste sich mit den Händen an der rauen Oberkante des Erbstückes abstützen, um den Körper nicht außer Kontrolle geraten zu lassen. Plötzlich sah sie sich in eine Ecke getrieben, gestellt, ausgeliefert. Ein tiefer, unerklärlicher Abgrund tat sich vor ihr auf. Ihre Hilflosigkeit brachte sie an den Rand der Tränen. »Warum weiß ich eigentlich seine Nummer so genau? Ich habe ihn doch erst einmal angerufen - wegen der Äpfel. - Die Äpfel!

Natürlich sind es die Äpfel! Unser Verhältnis ist eine Apfelverhältnis, eine sich langsam entwickelnde und jetzt gereifte Beziehung.« In dem Bewusstsein dieser natürlichen Verbindung begann sich ihre aufgewühlte Seele allmählich wieder zu glätten. Mit einem inneren und äußeren Ruck löste sie sich von ihren Gedanken und der Kommode und wählte zügig, aber ohne Hast erneut die Nummer und hielt den Hörer locker an ihr Ohr. Schon beim dritten Freizeichen legte sie auf. Es schien, als hatte sie gar nicht mit einer Antwort gerechnet.

VI

Kulig betrachtet noch immer die Frucht mit ihren malerischen Farbnuancen. Nur wenige Male hat er sich Äpfel kaufen müssen. Keines dieser Kunstprodukte konnte sich mit den Äpfeln aus Frau Lehnbachs Pflege messen. Ja, Frau Lehnbach, sie ist die einzige Person aus der Nachbarschaft, zu welcher er ein inneres Verhältnis hat. Trotz ihrer unaufdringlichen Fürsorge aber hat er sich ihr gegenüber noch nie mit irgendeiner Aufmerksamkeit erkenntlich gezeigt. Einmal dachte er daran, ihr einen kleinen Blumenstrauß an die Tür zu stecken, ließ diesen Gedanken jedoch schnell wieder fallen. Blumen könnten zu verfänglich sein. Wer weiß, was ihr Mann darüber denken würde.

Von dem Apfelduft betört findet Kulig den Gedanken an einen Blumengruß nicht mehr abwegig. Sein Entschluss zeichnet sich immer deutlicher in der Atmosphäre des Raumes ab. Die frischen Gerbera gemischt mit Orchideen, die ihm eine Bekannte vor zwei Tagen bei ihrem Besuch mitgebracht hatte, werden eine schöne Überraschung bereiten. Langsam legt er den Apfel in die Schale zurück, um sein Vorhaben zu verwirklichen. Er geht in das Wohnzimmer, nimmt den verehrten Strauß aus der Jugendstilvase auf dem runden Chromtisch mit der glänzenden Marmorplatte und eilt, mit der linken Hand die von den Stilenden herabfallenden Wassertropfen auffangend, beschwingten Schrittes die in leichter Spiralform geschwungene Holztreppe hinauf, um sich und die Blumen salonfähig zu machen.

Als auf das fünfte Läuten des einen Polizisten kein Türsummer antwortete, fragte er, skeptisch zu Frau Lehnbach gewandt: »Sie sind sicher, dass er nicht in Urlaub gefahren ist?« Auf Frau Lehnbachs entschiedene Bejahung machte sich der zweite Polizist an die Arbeit. Nach mehrmaligem Probieren der unterschiedlichsten Schlüssel - sie waren nach Schlossarten sortiert - drehte sich endlich der Sperrhebel aus der Verriegelung. Zunächst zögernd, dann, nach erfolglosem Klopfen an der Zwischentür, forscher, drängte man in die dunklen fremden Räume. Das aufflackernde Licht, das Frau Lehnbach mit gezielter Hand eingeschaltet hatte - entsprach doch der Wohnungstyp genau ihrem eigenen Haus - erhellte ein großes Wohnzimmer, das auf keinerlei Morgenaktivitäten schließen ließ. Frau Lehnbach stand am Fuß der Treppe und hielt sich mit einer Hand am schmiedeeisernen Geländer fest. Ihr Blick wandert nach oben, als ob sie von dort ein Zeichen erwartet. Dann geht sie beklommenen Herzens Stufe für Stufe empor, den Blick stets nach oben gerichtet in der Hoffnung, dass ihr doch jemand begegnet.

Schon auf dem Weg zur Badezimmertür, greift Kulig noch schnell nach dem Deostift, um mit ein paar Strichen durch die kurzen, aber weiten Ärmel seines Sommerhemdes den erneut porenden Schweiß zu stoppen. Dann nimmt er den Blumenstrauß von dem alten Sessel im Flur, hält kurz inne, dreht den verpackten Gruß an ausgestrecktem Arm begutachtend einmal nach links, einmal nach rechts und ist zufrieden mit seinem Werk. Dieses Gefühl beschleunigt seinen Schritt. Er nimmt Frau Lehnbach, die sich schon auf dem halbem Weg der Treppe befindet, nicht wahr. Erkennt nicht ihren besorgten Tritt, der mit jeder weiteren Stufe ein Stückchen Hoffnung zerstört. Er hastet die leere Treppe hinab und aus dem Haus. Die helle Vorfreude schmiedet ihm ein weiches Lächeln ins Gesicht.

Frau Lehnbach verharrt auf der vorletzten Stufe. Hat sie bemerkt, wie Herr Kulig an ihr vorbeihuschte? Der letzte Schritt fällt schwer. Als die Badezimmertür in ihr Blickfeld schwimmt, entringt sich ihrer Brust ein verhaltener Schrei. Sie versucht ihn spontan mit beiden Händen zuzudecken, um die heilige Ruhe nicht zu stören. Kulig liegt mit dem Oberkörper über der Türschwelle, sein Kopf, wie gebettet, auf dem dicken Teppichboden des Flures. Das anfängliche Entsetzen ist von Frau Lehnbachs Antlitz gewichen. Sie wirkt wieder gefasst. Ihr Blick haftet lange auf Kuligs weichem Lächeln, das sich in ihren Augen zu verstrahlen scheint.

Das Ende einer Freundschaft

Einem Kometenschweif gleich durchschnitt das Lichterband den schwarzgrauen Morgen und schlug eine offene Wunde in die dunkle Landschaft. Der Moloch Stadt sog die Feuerstraße, die er am Abend zuvor aus der Tiefe seines Bauches übersättigt ausgespieen hatte, in rückflutendem Pulsschlag in seinen hungrig aufgesperrten Rachen zurück. Das übernächtigte Vakuum suchte und fand seinen osmotischen Ausgleich. Der von Tausenden von Profilen hochgegischtete Nieselregen umhüllte wie ein glasichter Schleier die batteriegespeiste Hydra.

Die Lichterschlange, die sich in wogenden Schüben an mir vorbeiwälzte und wie ein Verschlussventil über die Einmündung der Birkenstraße zur Rossallee legte, schien überhaupt keinen Gedanken daran zu verschwenden, auch nur eine winzige Öffnung freizugeben, um mich schnell auf die andere Straßenseite hinüberqueren zu lassen. Den schier unendlichen Zug der Morgenpendler trieb es mit aller Macht an die Arbeit. Nicht, dass irgend ein Anflug von Freude auf ihren Gesichtern zu erkennen wäre. Nein, die unausrottbare Gewohnheit, die Nacht bis zur letzten Minute auszukosten, setzte sie so unter Druck .

Eine rettende Lücke, so stellte ich mit fast schon masochistischer Experimentierfreude fest, hätte keinerlei Nutzen gebracht. Hätte sich eine solche Gelegenheit nämlich geboten, wäre mit an Wahrscheinlichkeit grenzender Sicherheit gerade in diesem Moment und an genau dieser Stelle ein Fahrzeug aus der entgegengesetzten Richtung an diesem möglichen Durchlass vorbeigetuckert, ohne dass in dem dunklen Schatten hinter dem Steuerrad die leiseste

Ahnung aufgekommen wäre, mit welcher Rücksichtslosigkeit er über das Glück eines anderen hinweggerollt war. Diese gewisse Wahrscheinlichkeit ließ mich meine innere Ruhe wieder finden.

In den ersten vier, fünf Wochen dieser Geduldsprobe habe ich noch nervös mit den Fingern am Lenkrad herumgetrommelt, wobei mir auch der ein oder andere Fluch über die Lippen rutschte. Gehöre ich doch auch zu dieser Spezies Mensch, für die die Nacht nicht lang genug sein kann. Aber inzwischen habe ich das allmorgendliche Spiel durchschaut und lasse mich durch keine auch noch so hämisch grinsende Scheinwerferpaare aus meiner morgendlichen Ruhe zu unkontrollierten Handlungen hinreißen. Natürlich hat diese kalkulierte Ruhe ihren Preis, aber auch ihren Gewinn. Mein Tag hat sich um zwei Stunden verlängert. Die Zeit des Wartens ist mir zur Muße geworden.

So bemerkte ich in einer beschaulichen Wartestunde eines Tages einen Herrn, der von der gegenüberliegenden Seite der Einmündung freundlich zu mir herüberlächelte. Zwar hatte er schon seit längerer Zeit dort drüben seine Position eingenommen, aber ich war zu sehr von meinem täglichen Glücksspiel eingenommen, als dass ich die Gestalt hätte bewusst wahrnehmen können. Ihr hellblauer Anzug war wohl nicht von ausgesuchter Qualität, eher wohl eine Ware von der Stange - die Schultern schienen mir etwas zu üppig bemessen - aber der Herr machte einen guten durchschnittlichen Eindruck. Sein rundliches Gesicht, das erst von wenigen Falten durchzogen wurde, und der gütige Blick seiner Augen strahlten eine väterliche Atmosphäre aus, die nirgendwo den Schalk vermuten ließ. Durch unsere allmorgendlichen Begegnungen hatte sich bald eine, ich möchte beinahe sagen vertrauensvolle, Freundschaft entwickelt.

Auch heute wurde diese Freundschaft wieder bestätigt, als wir uns zum x-ten Male zu früher Morgenstunde an der Einmündung gegenüberstanden. Sein unermüdliches Lächeln strahlte noch die gleiche Wärme aus wie am Tag unseres ersten bewussten Zusammentreffens. Beide waren wir wohl wieder auf dem Sprung durch eine Lücke, die sich unerwartet auftun würde. Plötzlich bemerkte ich für die Zeitspanne einer Autolänge, dass mein Freund neben sich ein Schild aufgebaut hatte. Für den Bruchteil einer Sekunde konnte ich die deutliche Aufschrift »Für eine bessere Zukunft« lesen. Die Zeile darunter wurde von den nächsten vorbeirauschenden Autos wieder verdeckt. Nun war ich neugierig geworden und wartete gespannt auf die nächste Gelegenheit. - Jetzt, jetzt näherte sich erneut eine Lücke. Mein Blick zwängte sich in den Abstand eines übervorsichtigen Wagenlenkers und folgte dem Rhythmus der Kurbelwellen. Mein Puls klopfte aufgeregt an meinen engen Hemdkragen. Meine Handflächen überzogen sich mit dem Schweiß des Abenteuers. Ich konzentrierte meinen Blick in etwa auf die Höhe, in der ich die unbekannte Zeile vermutete. Da war sie: »Freitag, 26.10. / 18.30 Uhr in der Stadthalle.« »26.10., das ist ja heute«, ging es mir durch den Kopf. Mein Blick wanderte nach oben und ich nickte meinem Freund lächelnd zu. »Ich werde kommen!« gab ich ihm zu verstehen.

Als ich um 18.00 Uhr an der Einmündung Birkenstraße - Rossallee Richtung Stadtmitte einbog, verharrte mein Freund immer noch an seinem Platz, neben sich das nunmehr unverdeckte Hinweisschild. Von dem morgendlichen Schlangenleib huschten jetzt nur noch vereinzelt ausgeworfene Metallschuppen über den schwarzen Asphalt. Ich schenkte meinem Gegenüber noch einen freundlichen Blick, wunderte mich aber dennoch über seine Gelassenheit so kurz vor seinem Auftritt. Ganz im Gegensatz zu mir, der ich in freudiger Erwartung seiner Ansprache schon leichte Nervosität zeigte.

Bei der Stadthalle herrschte bereits großes Gedränge. Beinahe zu viele Leute begehrten Einlass. Mein Freund war demnach eine geschätzte Persönlichkeit. Einige meiner alten Freunde, die ich gebeten hatte mitzukommen, hatten mich davor gewarnt, an dieser Veranstaltung teilzunehmen. Ich sei dort am falschen Platz. Doch das wollte ich meinem väterlichen Freund nicht antun.

Ich reihte mich ein in die dichtgedrängte Menschenschlange und ließ mich von dem Strom in die Halle treiben. Drinnen löste sich die Menschentraube in einzelne Spaltprodukte auf, die sich sogleich auf die Suche nach einer passenden Sitzgelegenheit machten. Ich ging gleichfalls an den Sitzreihen entlang nach vorne und hielt nach einem günstigen Platz Ausschau.. In der fünften Reihe halbrechts war noch ein vereinzelter Stuhl frei. Höflich drängte ich mich durch die zu eng gestaffelten Stuhlreihen, nachdem ich mich über die Vakanz des Sitzes vergewissert hatte. Erfreut über das Schnäppchen ließ ich mich auf dem Metallstuhl mit geschalter Plastiksitzfläche nieder. Von hier aus hatte ich einen freien Blick auf die Bühne, die sich etwa einen Meter fünfzig über dem Saalparkett erhob. Ich schnaufte zufrieden auf. Die Luft in der Halle hatte bereits jegliche Frische verloren. Ein seltsames Duftgemisch von Schweiß, Rasierwasser, Deodorants und diversen Parfümnoten durchwehte den Saal. Ich blickte mich neugierig um, um zu sehen, wie weit die Besetzung schon vonstatten gegangen war. Eine unüberschaubare Menschenmenge saß da mit strahlenden Gesichtern, die wie feingeputzte Zähne zu Hunderten aufgereiht waren. Alle schienen von einer freudigen Erwartung beseelt zu sein. Durch das allgemeine

Brodeln klang immer wieder Gelächter. Gelegentlich erschallte auch ein lautes Rufen, wenn jemand ein bekanntes Gesicht erspäht hatte, um durch die Nennung eines Namens dem Betreffenden und auch den anderen kundzutun, dass man ebenfalls zu denen gehört, die sich informieren und amüsieren wollen. Überhaupt hatte ich den Eindruck, dass die anderen über das Bevorstehende schon längst Bescheid wussten. Sätze wie »Denen wird er es wieder zeigen« und »Das letzte Mal hat er die wieder fertig g'macht« oder »Heut' wird er wieder 'mal rhetorisch 'was aufzieh'n« drangen immer wieder an mein Ohr. Gespannte Erwartung legte sich über meinen ganzen Körper. Ich schaute nervös auf meine Armbanduhr. Noch zwei Minuten, dann würde Er erscheinen.

Gegen 18.35 Uhr - die Halle war brechend voll - wogte ein Raunen durch die Menge, das zum Jubelgeschrei anschwoll, als mein Freund - er hatte es doch geschafft - mit erhobenen Armen winkend in die Halle einzog. Sein Marsch vom Eingang bis zum Podium glich einem einzigen Triumphzug. Ich verspürte ein seltsames Kribbeln in meinen Adern und verfolgte seinen Weg mit fiebrigen Augen. Ich war stolz auf meinen Freund.

Nach einem letzten Höhepunkt ebbte der Jubel ab, und in der Halle herrschte gespannte Stille, als der Redner mit einer dünnen Mappe in der Hand an das Pult trat. Er öffnete den Ordner, rückte die Papiere darin zurecht, schaute in die Runde, wartete noch einen Atemzug lang und schnitt dann in die Stille:

»Liebe Mitbürgerinnen, liebe Mitbürger!

In der letzten Zeit haben sich vermehrt Stimmen erhoben, die behaupteten, dass wir gar nicht in einer Demokratie lebten, sondern einer verkappten Diktatur ausgeliefert seien. - ("Pfui!"-Rufe) - Wir wollen diese irregeleiteten Mitbrüder und Mitschwestern keineswegs verdammen. - ("Doch!"-Rufe. Mein Freund überhörte die Zwischenrufer; sie sollten später auf ihre Kosten kommen.) - Im Gegenteil! Sie verdienen eher unser fürsorgliches Mitleid, da sie des wahren Lichtes in ihrer, wenn ich so sagen darf, platonischen Höhle noch nicht teilhaftig geworden sind. - (Erstes Gelächter über die teilweise verstandene Ironie) - Dennoch meine ich, es mir und den ergebenen Ministerkollegen, aber auch euch, liebe Mitbürgerinnen und Mitbürger, schuldig zu sein, dieses Missverständnis - und um ein solches kann es sich hier nur handeln - auszuräumen. - ("Jawohl!"-Rufe) -

Klopfen wir diesen Vorwurf auf seine Glaubwürdigkeit hin ab und betrachten zunächst den Begriff "Demokratie". Denjenigen, die eine höhere Bildung genossen haben, wird der wohlbekannte Klang dieses Wortes einen sehnsuchtsvollen Glanz in die Augen treiben. Den anderen, die in ihrer Weisheit schon frühzeitig erkannt haben, dass Bildung in unserer Zeit nur einen beschränkten Nutzen mit sich bringt, möchte ich eine bescheidene Erklärung hinzufügen.

Der Begriff "Demokratie" leitet sich von dem altgriechischen Substantiv 'demos', das so viel wie 'Volk' bedeutet, und dem altgriechischen Verbum 'kratein', dem die Bedeutung 'herrschen' zugewiesen wird, ab. Leider hat sich im Laufe der Jahrhunderte eine zwar historisch ausgeprägte, letztlich jedoch populärwissenschaftliche Irrmeinung herausgebildet. Danach müsste der Begriff "Demokratie" den Sinn von "Herrschaft des Volkes" beinhalten. Diese Auffassung beruht jedoch auf der Unfähigkeit, grammatikalische Nuancen in ihrer detaillierten Differenziertheit zu erkennen. "Demokratie" ist nicht im Sinne einer subjektiven Herrschaft zu verstehen - was der Name an sich schon verbietet - also nicht als "Herrschaft des Volkes", sondern - wie wir es schon seit langem der Geschichte ins Buch geschrieben haben - im Sinne einer objektiven Herrschaft, also als "Herrschaft über das Volk". Der Wahrheitsgehalt dieser Auffassung wird allein schon durch die Bezeichnung 'objektiv' deutlich sichtbar.

Wenden wir uns, liebe Mitbürgerinnen und Mitbürger, nun der Unterstellung zu, wir übten eine Diktatur aus. - (erneute "Pfui!"-Rufe) - Dieses Wort hat in der Tat etwas Unheimliches an sich, besonders in der ungewöhnlich emphatischen Weise, wie es von unseren Kritikern gerne ausgesprochen und betont wird. Doch wir lassen uns weder von semantischen noch von phonetischen Provokationen irritieren. Denn in der langen Geschichte u n s e r e r Demokratie haben wir uns noch nie dem Diktat der Zeit gebeugt. Nein, ganz im Gegenteil! Wir haben das Rad der Zeit nicht nur angehalten, sondern sogar in eine Rückwärtsbewegung versetzt. Unser praktisches Handeln bewegt sich also gegen den Ur-Zeigersinn, gewissermaßen im Un-Sinn, wie man das Pendant wohl korrekterweise nennen muss. Damit sparen wir viel Zeit - historische Zeit, versteht sich! Diese Erkenntnis, auf die ich nicht wenig stolz bin, verdanke ich der aufopferungsvollen und dennoch weniger fruchtbaren Arbeit meines geistigen Antipoden Karl Marx. Schon er vertrat die Ansicht, dass sich die Geschichte in Abständen wiederhole. Doch während er sich in revolutionärer Vorwärtsbewegung erschöpfte, kam ich bereits nach kurzer Überlegung zu dem eigenmächtigen Entschluss, durch eine geschickte Rückwärtsbewegung Karl und seine Theorie zu überholen. Denn - von dem Standpunkt unserer gegenwärtigen Politik aus gesehen -

bedeutete für uns eine Marx'sche Vorwärtsbewegung, Indien auf dem westlichen Seeweg zu suchen.

Meine Freunde! - (stiller Glanz tritt in die verklärten Augen der Zuhörer) - Vielleicht spürt ihr jetzt schon aufgrund meiner Ausführungen die gewaltige Kraft der historischen Weisheit: Wissen ist Macht. Die Genialität des englischen Staatsphilosophen Francis Bacon hat der Welt diese fundamentale Erkenntnis erschlossen. Doch wie oft ereignet es sich in der Geschichte, dass nur wenige befähigt sind, das wahre Gute zu erkennen. Und ich stelle mit innerer Genugtuung fest, dass wir, die wir im Geiste der Vergangenheit verhaftet sind, uns als Auserwählte betrachten können. Dabei ist uns die Tragweite dieses Satzes dank unserer gottbegnadeten Intelligenz nicht verborgen geblieben: »Wissen ißt Macht«. - (ein schelmisches Grinsen legt sich über das glatte Gesicht des Redners) - Seitdem haben wir diese Erkenntnis als Staatsgeheimnis gehütet. Und, liebe Mitbürgerinnen und Mitbürger, wir wissen es zu schätzen, dass ihr in dem Bewusstsein euerer Bescheidenheit nie nach näheren Einzelheiten gefragt habt. Wir danken euch für das Vertrauen, das wir in euch gesetzt haben. Auch hat es sich wieder bestätigt, dass wir hier von unserer erhabenen Position aus den weitaus besseren Überblick besitzen. Wir stehen - herausgehoben aus den Niederungen der Trübnis - über den Dingen. Wir verkörpern, wenn ich das in offener Bescheidenheit sagen darf, gewissermaßen den Übermenschen. - (plötzlich aufbrausender Beifall, "Bravo!"-Rufe, winkende und verneigende Gesten des Redners, abklingender Beifall, Stille) -

Diese Wahrheit - (der Redner setzt seine Ausführungen ermutigt fort) - erwächst auch aus der Tatsache, dass wir in der Voraussicht und dem Bewusstsein unserer Verantwortung die überkommenen Formen der Alten in unsere Zeit herübergerettet haben. Neben u n s e r e r Demokratie, die wir als ewiges Vermächtnis aus der Hand der Griechen entgegennehmen durften, fühlen wir uns auch anderen antiken Institutionen zutiefst verpflichtet. Unsere Wurzeln reichen bis weit in die Anfänge römischer Kultur zurück. Haben doch auch wir einen ausgeprägten Sinn für die sonnige Pracht der Könige und Kaiser. - (erneuter Glanz in verzauberten Gesichtern) - Diese für sich in Anspruch zu nehmen, ist jedoch allein unserem Landesvater vorbehalten. Wir, die Konsuln gewissermaßen, richten in der Erfüllung unserer Aufgaben unser bescheidenes Augenmerk nur auf die zu erwartenden Pfründe. Im Hinblick darauf haben wir euch, u n s e r Volk, schon immer bewundert, mit welch großer Opferbereitschaft ihr euch in diese lange Tradition eingebunden seht. In der Zeit der Römer hat sich der Staat den Ärmsten des Volkes verpflichtet gefühlt und ihnen "panem et circenses" geboten. Wir sind stolz darauf, zu sehen, dass i h r gleichsam als Avantgarde diese langgehegte Schuld, in der die Völker des Abendlandes stehen, heute an uns zurückzahlt, indem ihr uns "bares et mercedes" zukommen lasst. Gerade das Wort 'mercedes', das der Muttersprache Europas entstammt und so viel wie 'Entlohnungen' bedeutet, zeigt, dass ihr euch bewusst in die Bindung abendländischer Kultur stellt. Wir, die Politiker, möchten euch allen, die sich dieser Tradition verpflichtet fühlen, unseren innigsten Dank aussprechen. Besonders auch diesen Landsleuten, die an uns großzügige Spenden leisteten, aber zu bescheiden sind, um in der Öffentlichkeit genannt zu werden. Doch auch verborgene Kanäle führen zu ihrem Ziel.

Im Bewusstsein dieser historischen Verbindung sehen wir auch die frappante Kongruenz mit einem "Highlight" der römischen Kaiserhäuser, Kaiser Justinian. Dieser

Mann, die geballte Kraft von Weisheit und Rechtsempfinden, hatte sich der Jurisprudenz verschrieben. In beflissenem Eifer sammelte er jedoch die Gesetze seines Landes ein und hortete sie als "Corpus Iuris Civilis" in seinem Palast. Wir, meine lieben Freunde, haben aus diesem Fehler gelernt. Denn im Gegensatz zu unserem juristischen Urahn haben w i r die Gesetze an euch ausgegeben. Denn vor nicht allzu langer Zeit haben wir die Gesetze, die den gegenwärtigen Missstand unruhestiftender Kritik und die Ordnung regeln, verabschiedet und sie in euer Land ausschwärmen lassen, um Zucht und Ordnung in unserem Sinne zu gewährleisten. Nicht lange danach haben wir Klarheit geschaffen, wie radikale Kritiker zu definieren und in unser System zu integrieren seien. Kritik, liebe Mitbürgerinnen und Mitbürger, - und damit spreche ich den meisten von euch aus dem Herzen - ist nicht ein Anliegen für die Öffentlichkeit. Solche Vorgänge trüben das Bild eines paralysierten Friedens. Nicht, dass wir euch, liebe Mitbürgerinnen und Mitbürger, Misstrauen entgegenbringen wollten. Doch aus Gründen der Übersichtlichkeit muss in unserem organisierten Staat der Dienstweg eingehalten werden. Wir haben schon viele Anträge und Petitionen zugesandt bekommen. Wir haben auch schon einige beschieden. Sorgfältige Überprüfung braucht ihre Zeit. Da geht nichts auf die schnelle Art, obwohl wir ebenfalls schon Schnellgerichte installiert haben, die um hohen Ausstoß bemüht sind. Solche Bearbeitungen spielen sich jedoch in historischen Dimensionen ab.

Als Beispiel dafür möchte ich an u n s e r e Lösung der Energiefrage erinnern. Wir haben durch höhere Megawattzahlen mehr Licht in euer Dunkel gebracht. - ("Bravo! Jetzt sehen wir klar." Heiteres Gelächter schwappt dem Witzbold entgegen.) - Damals standen viele von euch unseren Vorstellungen sehr skeptisch, um nicht zu sagen feindlich, gegenüber. Doch wir haben uns nach langem Kampf gegen alle Widerstände durchsetzen können. Nicht, dass wir auf eigene Faust gehandelt hätten. Nein, die Gesetze selbst haben uns den Weg in diese Richtung gewiesen. So stehen wir heute vor der strahlenden Erkenntnis: Nie zuvor war Energie, in ihre atomaren Bestandteile zerlegt, so sauber wie heute! Man kann nicht einmal kleinste verunreinigende Partikelchen wahrnehmen. Damit haben wir uns aus der Reihe der Nestbeschmutzer ausgeklinkt und uns in die Kette der Strahlemänner eingereiht. Mit diesem Schritt haben wir die Gefahr der Verseuchung, die von unseren Kritikern immer wieder herbeigeredet wird, endgültig aus unserem Lande verbannt. Wenn sich so viele andere Nationen zu dieser Form der Energie bekennen, muss da nicht zwangsläufig das Gute darin liegen? - ("Jawohl! Warum sollen wir da hintenanstehen!") - Nur unbelehrbare Individualisten wagen es, sich dieser Erkenntnis zu verschließen. Dieses Mindestmaß an Intelligenz scheint auch unseren Gegnern vorenthalten worden zu sein. Denn dort kann offensichtlich nicht einmal mehr die Grundschulbildung Früchte tragen. Von jedem einfachen Kaufmann wird erwartet, dass er seine Additions- und Divisionsaufgaben beherrscht. Und wer von euch, liebe Mitbürgerinnen und Mitbürger, ist denn mit dieser Aufgabenstellung nicht vertraut? Doch hiermit scheint die Intelligenz unserer Gegner bereits überfordert. - (höhnisches Gelächter) - Mit Recht schütteln manche von euch den Kopf vor so viel Unverstand. Trotzdem behaupten unsere Kritiker, dass die saubere Energie nicht sicher sei. Diesen rein theoretischen und hypothetischen Standpunkt können wir nicht teilen. Gleichwohl möchte ich mich, um euch das Gefühl der absoluten Sicherheit zu vermitteln, auf diese rein theoretische Diskussion einlassen. Falls unser System der absoluten Sicherheit aus unerklärlichen Gründen irgendwo eine Schwachstelle zeigte und ein wenig saubere Energie unkontrolliert ins Freie gelangte, so bestünde für keinen von uns auch nur eine annähernd ernste Gefahr. Warum kann ich dies mit solcher Gewissheit behaupten? - Weil - und damit komme ich auf die für unsere Kritiker unlösbare Divisionsaufgabe zurück - sich die Menge der ausströmenden sauberen Energie auf viele Menschen verteilt. Das heißt, der Dividend "saubere Energie" wird geteilt durch den Divisor "Mensch". Das bedeutet wiederum, dass jeder Mensch von der Gesamtmenge nur einen Teil abbekommt. Nun wissen wir ja, dass sich der Quotient verkleinert, je größer der Divisor anwächst. Will man dieses Gesetz in unserem Falle ausnützen, so erhöht man die Zahl der Geburten - ein Umstand, der allzeit wünschenswert ist. Erreicht man eine entsprechende Größe, so wandert der Quotient gegen Null. Damit reduziert sich also die Teilchenbelastung eines jeden einzelnen auf einen vernachlässigbaren Wert.

Liebe Mitbürgerinnen und Mitbürger! Ihr seht selbst anhand dieser einfachsten Rechnung, dass nie eine Gefahr für uns bestehen wird. Mögen die Kassandrarufe unserer Gegner im leeren Raum verhallen!

Nun noch ein Wort zu diesen unseren Gegnern. In Bezug auf sie wurde unlängst wieder die Frage aufgeworfen, ob wir nicht doch noch bessere Gesetze, ja vielleicht sogar die härteste aller Strafen einführen sollten. Wir von der Staatsregierung haben ernsthaft überlegt, ob wir diesen Weg der Humanisierung gehen sollen. Ich weiß, von unseren Kritikern wird in diesem Zusammenhang mit Vorliebe von "Exekution" gesprochen, um Panikstimmung zu entfachen. Doch eine solche Äußerung kann nur aus der

Ecke der Atheisten stammen. Dieser Irrmeinung, meine lieben Mitbürgerinnen und Mitbürger, muss sich die christliche Welt mit Entschiedenheit entgegenstellen. Was ist denn nach unserer gläubigen Auffassung der Tod anderes als der Übergang von dieser Welt der Leiden in eine neue bessere Welt? Müssen wir nicht überprüfen, ob für uns nicht eine moralische Verpflichtung dazu besteht, unseren Mitschwestern und Mitbrüdern, die sich in unserer organisierten Welt nicht zurechtfinden können, den Weg zur ewigen Seligkeit zu bahnen? Ihr seht, meine Freunde, dass wir, die Väter dieses Landes, stets auf der Suche nach humanitären Lösungen sind, u n s e r e n Staat, u n s e r e Demokratie zu verteidigen.

Ich danke euch!«

Die Rede lag wie ein Bann auf mir. Immer wieder hatte ich auf eine Wende gehofft. Ich verfluchte jetzt meinen Platz in der vordersten Reihe. Eine abgrundtiefe Peinlichkeit kroch in mir hoch. Die Nähe meines ... - ich konnte das Wort nicht mehr zu Ende denken - war mir plötzlich unerträglich. Die freie Luft, die ich noch in den Lungen hatte, schnurrte zu einem unförmigen Klumpen zusammen. Das Jubelgeschrei tönte in meinen Ohren wie das bedrohlich dumpfe Rauschen einer Meeresmuschel. Ich wagte einen letzten ungläubigen Blick auf Ihn. Er genoss das Bad in der Menge. Seine Augen strahlten vor Glück. Immer wieder ließ er seinen Blick über die Menge gleiten. Für den Bruchteil einer Sekunde trafen sich unsere Blicke. Er zeigte keine Regung, kein freundschaftliches Nicken, als ob es nie eine menschliche Beziehung zwischen uns gegeben hätte. Wir standen uns wie zwei Fremde gegenüber.

Ich zwang mich hoch und verließ mit bleiernen Schritten den Saal. Durch das Tosen der Menge schritt ich wie durch einen Wasserfall. Ich wollte jetzt nur noch nach Hause. Ich wollte mich vergraben vor Scham. Mechanisch startete ich den Wagen. Wie betäubt nahm ich den Straßenverlauf mehr im Unterbewusstsein wahr. Als ich an meiner Einmündung kurz den Gegenverkehr passieren lassen musste, suchte ich mit einem grimmigen Blick den Herrn am Straßenrand. Er war natürlich verschwunden. Man hatte ihn unter dem Plakat einer Zigarettenmarke auf der Reklamewand begraben.

Herzbluten

Und durch die Macht eines Wortes
Beginn ich mein Leben neu
Ich ward geboren dich zu wissen
Dich auszusagen

Freiheit

(*Paul Eluard*)

I

S tockfinstere Nacht hatte sich über die Weltstadt
gesenkt. In dieser Finsternis schienen Reklame-
und Lichtbänder im Zentrum der Metropole eine noch in-
tensivere Leuchtkraft zu gewinnen, um das Nachtleben
aus allen Ritzen quellen zu lassen.

Hantschkes Welt jedoch war ein einziges Dunkel. Er
konnte nichts erkennen. Nicht einmal die Hand vor den
Augen. Er stand, in eine Ecke gedrückt, um vor jeglicher
Entdeckung sicher zu sein, in dem Hinterhof eines unbe-
wohnbar gemachten Häuserblocks am äußersten Rande
des Stadtbezirks. Es herrschte beklemmende Stille und
dasselbe spannungsgeladene Gefühl, wenn zwei Feinde
atemlos in ihren Verstecken lauern, jeden Augenblick bereit, über den unvorsichtigen Gegner herzufallen. Hantschke starrte immer in dieselbe Richtung, als ob er ein fes-
tes Ziel vor Augen hätte. Er wusste genau, dass sich an je-
ner gegenüberliegenden Stelle ein leicht zerfallener Bogen-
durchgang befand, über den sich die ehemaligen Wohnun-
gen vier Stockwerke hoch auftürmten.

Wie lange hatte er auf diesen Augenblick warten müssen! Wie lange und mit welcher Gründlichkeit hatte er sich

auf diesen Tag vorbereitet! Zwei Jahre hindurch hatte er immer wieder diese Blindheit trainiert, wenn der Neumond alles mit seinem Dunkel übergoss, wenn Konturen und Schatten zu einer undurchdringbaren Einheit zerflossen. Hantschke hatte in diesen zwei Jahren alle Lichtverhältnisse, alle Geräusche, alle Bewegungen studiert, Nacht für Nacht.

Dabei ist er durch Zufall auf diese Schwachstelle gestoßen. Auf einem Abendspaziergang, der ihn in seiner Gedankenlosigkeit in das Sperrgebiet geführt hatte, war er von einem vorbeihuschenden Schatten so hochgeschreckt worden, dass er wie gelähmt stehen blieb. Für Sekunden fühlte er sich in Stein gegossen. Damals hatte er den räudigen Köter im ersten Schreck verflucht. Nachdem er - immer noch an die gleiche Stelle geschmiedet - das Tier eine Weile beobachtet hatte, begriff er, dass der Hund hier zu Hause sein musste. Sein Schnüffeln, sein Hin- und Herlaufen, sein Verschwinden und Wiederauftauchen, ja sogar sein wohlgesetztes Pinkeln ließen auf ein gezieltes, gewohnheitsmäßiges Vorgehen schließen. Als diese gespenstische Erscheinung längere Zeit wieder von dem Gebäude, aus dem sie sich zuvor so urplötzlich gelöst hatte, verschluckt worden war, war Hantschkes Neugier geweckt.

Er wagte zwei, drei Schritte vorwärts, schaute wie zufällig an dem Gebäude rechts neben sich hoch und tastete dabei aus den Augenwinkeln die ganze Länge der Gasse ab. Er konnte nichts Verdächtiges wahrnehmen. Dann ging er vorsichtig auf den heruntergekommenen Häuserblock zu, wobei er stets darauf bedacht war, nicht von aufmerksamen Augen auf der Seite hinter dem Wohnbereich enttarnt zu werden. Vor einem aufgebrochenen Bretterverschlag, der eine nicht mehr vorhandene Tür ersetzte, hielt er inne. Dann zwängte er sich behutsam an zersplittertem Holz vorbei durch die Lücke in das Innere des Gebäudes. Er lehnte sich an die Wand und wartete, bis sich seine Augen an das Dunkel des Raumes gewöhnt hatten. In den Minuten der Blindheit waren seine Sinne bis zum Zerreißen angespannt. Er musste jede Sekunde damit rechnen, entdeckt zu werden. In der absoluten Stille fürchtete er, dass ihn das Rauschen des Blutes, das in seinem Gehörgang zu schäumen schien, verraten könnte. Erst als sich allmählich die Konturen des Raumes aus dem Dunkeln schoben, ebbte seine Erregung ab. Um sicher zu sein, dass er die einzige Menschenseele im Haus war, verharrte Hantschke noch eine Weile an seinem Platz. Er wusste, dass er sich in diesem Gebiet keinen Fehler erlauben durfte. Jede noch so kleine Unachtsamkeit könnte ein tödliches Inferno auf der anderen Seite des Hauses entfesseln. Sein geschärftes Gehör hatte die gewohnte Sensibilität wiedererlangt. Seine wachen Augen wanderten die Wände des Raumes entlang, ohne dass er dabei den Kopf bewegte. In der linken Hälfte der gegenüberliegenden Mauer gähnte ein schwarzes Viereck. Hantschke, jetzt sicher, dass sich außer ihm niemand in dem Gebäude befand, bewegte sich ganz langsam auf den Durchgang zu. In der Mitte des Raumes lag etwas Langes, Klobiges am Boden. Es mochte nur ein herabgefallener Balken sein, der sich irgendwann einmal aus der Deckenverankerung gelöst hatte. Es könnte aber auch eine Alarmanlage oder ein Sensor sein. Schritt für Schritt schlich sich Hantschke an dieser geheimnisvollen Stelle vorbei. Jetzt gelangte er in einen Flur, an dessen fernem Ende ein schwaches Licht von der Seite einfiel. Hantschke tastete sich an der gegenüberliegenden Mauer entlang, wobei er die Sohlen ganz langsam abrollte, um jegliches Knirschen oder Scheuern zu vermeiden. Dann hatte er einen Punkt erreicht, wo sich ein fahler senkrechter Schlitz aus der Wand heraushob. Hantschke beugte den Kopf nur so weit nach vorn, bis er durch einen etwa zwei Zentimeter breiten Lichtstreifen nach draußen blicken konnte. Wieder verharrte er einige Minuten in seiner Stellung und starrte unentwegt durch die schmale Öffnung in den helleren Bereich, bis er ein leichtes Ziehen im Hals spürte, das durch die schiefe Haltung des Kopfes verursacht wurde. Jetzt schob er sich, immer noch vorsichtig prüfend, auf die breiter werdende Öffnung zu und blickte schließlich in den Innenhof des Häuserkomplexes. Er stand nun in einem Durchlass, der früher als Zugang zu einem kleinen Balkon gedient haben musste. Auf der rechten Seite führten nur noch zwei Stufen zu dem tieferliegenden Terrain, der Rest war abgebrochen. Ein paar Eisenhalterungen, die den ursprünglichen Verlauf noch vage andeuteten, ragten skelettartig ins Leere. Hantschke blickte an den Wänden hoch, die in dem Halbdunkel gespenstisch aufragten. Die finsteren Vierecke der zahllosen Fenster glotzten wie ausgestochene Augen auf ihn herab. Beklemmung erfasste Hantschke. Er riss sich von diesem unheimlichen Anblick los, setzte sich auf die Kante des Balkonsockels, drehte sich auf den Bauch und rutschte die ca. 1,50 Meter in den Innenhof hinab. Überall hatten schon Gras und Unkraut den Teer- oder Betonbelag durchstoßen. Vorsichtig und leise durchschritt Hantschke den Innenhof und steuerte auf einen dunklen Rundbogen zu. Mit ausgestreckter Hand tastete er sich in die Finsternis vor. Plötzlich stieß er mit den Fingern an eine harte Grenze. Er befühlte das Hindernis in seiner Höhe und Breite. Die rissigen Fugen sagten ihm, dass er vor einer Mauer stand. Sie hatten den Durchgang zugemauert. Sie hatten alle Durch- und Zugänge zugemauert! Jenseits dieser Sperrzone lauerte der Tod. Es war nur ein schmaler Todesstreifen, aber für viele war er zum ewigen Stück Heimat geworden.

Hantschkes Puls schoss plötzlich nach oben. Tausend Gedanken jagten ihm wie Elektronenbälle durch den Kopf, sich gleichzeitig abstoßend, absorbierend und neue Impulse erzeugend. Der unbändige Drang, Anlauf zu nehmen und diese Mauer zu zerschmettern und allen Maschinen-gewehrsalven das Wort »Freiheit« entgegenzuschleudern, brach an die Oberfläche seines Bewusstseins. Jetzt, an der Stätte der bitteren Wahrheit, fraß es sich in ihm fest, dass sie wie Tiere im Käfig gehalten wurden. Und es war bei Gott kein goldener Käfig. Sie hatten ihnen den Kopf gewaschen, die Flügel gestutzt und die Füße in Ketten gelegt. Sie hatten ihnen die Menschenwürde genommen, sie zu Tieren gemacht. In Hantschke war mit einem Mal der Urinstinkt zur Selbstbestimmung erwacht. In diesen Sekunden der Selbstbesinnung, der Trauer und des Schmerzes reifte in ihm der unabänderliche Plan, die Fesseln eines diktatorischen Staatsapparates abzustreifen. Er wollte es ihnen zeigen, welch gewaltige Riegel die unstillbare Sehnsucht nach Freiheit sprengen kann.

Eine Berührung am linken Bein holte Hantschke schlagartig in die nüchterne Wirklichkeit zurück. Sein Pulsschlag schien für einen Moment auszusetzen. Da glitt etwas Feuchtes über seinen linken Handrücken. Es war, als ob jemand seine Hand beleckte. »Der Hund!« schoss es ihm durch den Kopf. »Das ist der Hund«. Hantschkes Körper, der bei der ersten Berührung in eine Starre verfallen war, klappte wie ein an tausend Scharnieren aufgehängtes Skelett nach unten. Seine Hände griffen freudig und erwartungsvoll nach dem haarigen Körper des Tieres. Er musste sich dabei auf seinen Tastsinn verlassen, da die Augen in der Finsternis des Gewölbes nur schmuckloses

Beiwerk waren. Seine Finger krallten sich liebevoll in das borstige, zerzauste Fell der Kreatur. Hantschke betätschelte das Tier mit der Freude eines Menschen, der im Augenblick höchster Einsamkeit einen Leidensgenossen gefunden hat. Da griffen seine Hände wieder ins Leere. Er drehte sich suchend um und schaute zu dem ein wenig helleren Innenhof, in der Meinung, dass sich der Hund in diese Richtung aus dem Staube gemacht hatte. Ein leichtes Scharren belehrte ihn eines Besseren. Der Hund musste noch direkt neben ihm sein. Wieder streckte Hantschke seine Hände suchend in die Finsternis. Doch das Tier blieb wie vom Erdboden verschluckt. Die erneute Einsamkeit ließ Hantschke seine Verlorenheit spüren. Mit fiebrigen Fingern tastete er den unteren Teil der Mauer ab. Der Hund konnte sich doch nicht in Luft aufgelöst haben. Da! In der linken unteren Ecke spürte er eine Höhlung. Sein halber Unterarm war schon darin verschwunden. Hantschke legte sich jetzt ganz auf den Bauch und schob seinen Arm weiter nach vorn. Seine Finger tasteten dabei wie Fühler die Größe der Aussparung ab. Ein normal großer Hund konnte wohl gerade hindurchkriechen. Diesen Durchschlupf musste der Köter gewählt haben, als er urplötzlich verschwunden war. Hantschke zog seine Hand aus der Höhlung und rutschte mit dem Gesicht ganz nahe an die Öffnung. Er hoffte, irgend etwas erkennen zu können. Aber sein Blick blieb dunkel. Er spürte nur, wie ihm ein kühler Luftzug über die Augen strich. Es musste also eine Verbindung zur anderen Seite geben. Hantschke schloss die Augenlider und genoss eine Zeit lang die hereinströmende Kühle. Schließlich rollte er sich auf den Rücken, und eine tiefe Hoffnung und Sehnsucht durchbebte seinen ganzen Körper. Die überschäumende Freude, die er niemandem zeigen konnte, führte ihn in seinen Träumen schon an das Ende der Tat. Mit diesem wohligen Gefühl schlief Hantschke ein, und die Dunkelheit des Torbogens, die ihn umhüllte, schützte ihn auch vor einer zufälligen Entdeckung.

II

Sooft er konnte, schlich sich Hantschke seitdem zu seinem geheimnisvollen Ort. Es war ihm klar, dass er absolutes Stillschweigen darüber bewahren musste. Mit einer Feile, die er ohne Schwierigkeiten in seiner Hosentasche verstauen konnte, kratzte er in mühevoller Geduldsarbeit Stein für Stein aus seinem Mörtelbett, um den zu engen Durchschlupf auf seinen Körperumfang zu erweitern. Nach mehreren Wochen entbehrungsreicher Steinbrucharbeit kam der Tag, an dem Hantschke keine innere Ruhe finden konnte. Er hatte in der vorhergehenden Nacht bei dem wiederholten Abtasten gefühlt, dass er an der letzten Steinreihe angekommen war. Er hatte eine unbeschreibliche Freude und den nahezu unbändigen Drang verspürt, weiterzumachen und das letzte Hindernis einzureißen. Aber Hantschke gehorchte schließlich der Stimme der Vernunft, obwohl es ihn eine unmenschliche Überwindung kostete, gerade jetzt seine Arbeit zu unterbrechen. Er hatte in dieser Nacht kaum ein Auge zugemacht und war am nächsten Morgen früher als gewohnt auf den Beinen. In nagender Ungeduld fieberte er den ganzen Tag über dem Zeitpunkt entgegen, zu dem er den Tunneldurchstoß in Angriff nehmen konnte.

Als die Nacht wieder sein heimliches Unterfangen deckte, schob er seinen Oberkörper langsam und geräuschlos in die geschlagene Bresche. Diesmal musste er noch vorsichtiger zu Werke gehen, denn er hatte nicht herausfinden können, wie stark dieser Bereich bewacht wurde. Aus diesem Grund hielt Hantschke immer wieder in seiner Arbeit inne und lauschte für eine Weile nach Geräuschen jenseits der Wand. Trotz des immer wieder unterbrochenen Schabens hatte sich der erste Stein bald gelockert. Der Mörtel in dieser Mauerschicht war weicher, sandiger als in den vorherigen Ziegelwänden. Vielleicht lag es an der höheren Feuchtigkeit an dieser Stelle. Jetzt konnte Hantschke den Stein nach innen ziehen. Er tat dies Millimeter für Millimeter, um nicht in der Endphase das ganze Unternehmen aufs Spiel zu setzen. Als die Öffnung frei war, presste er seine Wange auf den Boden, um einen ersten Blick hinaus zu wagen. Sein Gesichtsfeld war durch die noch zu kleine Aussparung stark eingeschränkt. Er konnte nur erkennen, dass die andere Seite in hellem Licht lag. Der zweite und auch der dritte Stein, den er noch herausnehmen musste, lösten sich ohne großen Widerstand. Nun schob Hantschke, auf dem Bauch liegend, den Kopf ganz langsam bis an den Rand der Öffnung. In dieser Position konnte er den gesamten Bereich hinter dem Gebäudekomplex einsehen. Vor seinen Augen dehnte sich eine weite, langgestreckte Fläche, die von Scheinwerfern in regelmäßigen Abständen in ein grelles Licht getaucht wurde. Bei diesem gespenstischen Anblick stockte Hantschke der Atem für einige Augenblicke. Dann ließ er die zusammengepresste Luft kontrolliert durch die Nase ins Freie. Sein Blick blieb an der Abgrenzung des kahlgeschlagenen Feldes haften. Dort stand sie und wuchtete ihre unüberwindliche Masse in das Fleisch menschlicher Empfindungen: Die MAUER, die eine klaffende Wunde in die Seele der Menschheit brach. Für Hantschke war sie jetzt mehr denn je eine Herausforderung. Als die Kühle des feuchten Bodens durch seine Kleider kroch, setzte Hantschke die herausgenommenen Steine der letzten Wand wieder in die Lücke, um jede Zufälligkeit einer Entdeckung auszuschließen.

Von nun an war Hantschke fast jede Nacht auf Posten, um alle Einzelheiten hinter dem Haus zu studieren. Jede noch so nichtige Kleinigkeit konnte bedeutsam werden. Bevor er jedoch die Steine aus ihrem angestammten Platz zog, wartete er jedesmal die Runde des Hundes ab. Im Schein der Strahler konnte Hantschke dann dessen Bewegungen genau verfolgen. Das Tier schien keine besondere Aufmerksamkeit zu erregen, wenn es so ungeniert über die freie Fläche spazierte. Vielleicht lag es an der Regelmäßigkeit, mit der der Hund in dieser Gegend auftauchte und seine Duftnoten bald hierhin, bald dorthin verteilte. Vielleicht waren selbst die Wachsoldaten davon überzeugt, dass man einem Hund keinerlei Fluchtabsichten unterstellen könne. Bald kannte Hantschke die Route des Hundes bis ins Detail. Er gewann die Gewissheit, dass eventuell vergrabene Minen auf der Hundefährte ein bestimmtes Gewicht aushielten. Diese Erkenntnis veranlasste ihn dazu, sein Körpergewicht spürbar zu reduzieren. So abgemagert kam er sich ein bisschen verraten vor. Aber er hatte ein Ziel vor Augen, das er nur unter großen Entbehrungen erreichen konnte. Daher sah er sich eines Tages auch gezwungen, den aufrechten Gang aufzugeben und sich auf Händen und Füßen fortzubewegen, um den Druck des Körpergewichtes gleichmäßig zu verteilen. Hantschke trainierte diese Hundsgewohnheit heimlich in seinem Zimmer. Anfangs taten ihm alle Knochen weh, aber nach einiger Zeit erreichte er eine erstaunliche Fertigkeit in dieser Art der Fortbewegung. Einmal war er sogar so unvorsichtig und lief mit dem Hund in dem Innenhof des verfallenen Häuserblocks um die Wette. Doch schon nach wenigen Metern knickte Hantschke mit der rechten Vorderpfote ein und landete unsanft auf dem Bauch. Erst der Schmerz der aufgeschürften Nase brachte ihn wieder zur Vernunft und jagte ihm einen heftigen Schrecken über seine Unbesonnenheit in die Glieder.

Immer wieder tastete Hantschke mit den Augen von seinem geheimen Schlupfwinkel aus das Gelände nach einem möglichen Weg ab, sich ungesehen der MAUER zu nähern. Es blieb nur eine Möglichkeit: ein dünner Schattenstreifen, aufgeworfen durch eine leichte Unebenheit im Gelände. Am Ende müsste er die Fährte des Hundes kreuzen und einen helleren Bereich überqueren. Dann die MAUER hoch - er war sicher, dass er es schaffen würde.

III

Noch verharrte Hantschke unbewegt in der Ecke des Innenhofes. Die Erinnerung an all diese Vorbereitungen jagte ihm dabei durch den Kopf. Er musste warten, bis der Hund von seiner nächtlichen Tour zurückkam. Er fürchtete, sonst von ihm überrascht zu werden. Hantschke hatte beobachtet, dass der Hund immer nur einmal diesen Weg nahm. Während der Zeit des Wartens legte sich das Bewusstsein der lockeren Steine wie ein glühendes Eisen auf seine Sinne. Es entfachte in ihm einen eisernen Willen und setzte ungeahnte Kräfte für seine übermenschliche Tat frei. Da hörte er ein leises Trippeln im Innenhof. Hantschke hoffte, dass ihn das Tier nicht bemerken würde. Doch wer könnte schon eine feine Hundenase täuschen? Das Tier hatte längst die Witterung aufgenommen und stupste ihn wenige Augenblicke später mit der Schnauze am Bein. Hantschke kniete sich in das Dunkel und streichelte den liebgewonnenen Freund. Ob er ahnte, dass es ein Abschied für immer war? Das Tier zeigte keinerlei ungewöhnliche Reaktionen und verschwand spurlos in die Nacht.

Erst jetzt löste sich Hantschke aus seinem dunklen Versteck und steuerte mit schlafwandlerischer Sicherheit auf den unsichtbaren Torbogen zu. Mit Hunderte Male praktizierten Handgriffen zog er die Steine aus der Wand und kroch äußerst vorsichtig auf die andere Seite. Ein beklemmendes Gefühl stieg in ihm auf. Er kam sich vor wie eine Schnecke, die gerade ihr schützendes Haus verlassen hatte. Die ersten zehn, fünfzehn Meter bis zum Schattenstreifen kroch er ganz, ganz langsam weiter. Trotz des grellflutenden Scheinwerferlichtes konnte man die graubraune Kleidung, die Hantschke mit grünen Farbklecksen betupft hatte, kaum ausfindig machen. Seine Gestalt hob sich nur unwesentlich von dem mit Unkraut durchsetzten Erdstreifen ab. Als sein Kopf in den Schatten tauchte, waren bereits fünfunddreißig Minuten vergangen. Im Schutze des Halbdunkel konnte er jetzt in Hundsmanier etwas zügiger vorwärts krabbeln. Dann erreichte Hantschke den kritischsten Punkt seines Unternehmens: ein ungeschützter, etwa zehn Meter breiter Bereich direkt unterhalb der MAUER. Wieder flach auf dem Boden liegend drehte er den Kopf zur Seite und beobachtete eine Zeit lang den Wachturm, der in ziemlicher Entfernung von dem abgelegenen Winkel wie ein Lichtobelisk aus dem Boden ragte. Als er nichts Verdächtiges erkennen konnte - nicht einmal Stimmen waren zu vernehmen -, schob er sich, den Wachturm stets im Blick, zentimeterweise näher an sein Ziel heran. Immer wenn er etwas Ungewöhnliches wahrzunehmen glaubte, verharrte er regungslos am Boden, nur seine Wange presste er fester in das Erdreich. Dann fühlte Hantschke aber auch den zunehmenden Schmerz auf der Brust, den ihm das Teleskopeisen, das er sich unter den

Bauch geschnallt hatte, ins Fleisch drückte.

Er war stolz auf dieses Instrument, das er sich in mühevoller Kleinarbeit selbst angefertigt hatte. Das Vierkantrohr, das am oberen und unteren Ende ausklappbare Standfüße hatte, konnte nach seinen Berechnungen bis knapp unter den Rohrkranz der MAUER ausgezogen werden. Beim Ausfahren der Stäbe klappten in erprobten Abständen kleine Metallzapfen heraus, die aus dem Rohr eine Art Leiter machten. Die oberen Standfüße konnten auf die Rückseite des Teleskoprohres gekippt werden, so dass ein ausreichender Abstand zur MAUER gewährleistet war. Dieser Abstand war notwendig, um schneller auf den Betonrohrkranz, der die MAUER oben abschloss, klettern zu können.

Hantschke war inzwischen schon fast am Fuße der MAUER angekommen, aber er musste noch ein wenig nach rechts kriechen, um in den Halbschatten eines Lichtmastes zu gelangen. Hier schnallte er vorsichtig das Eisen los und bereitete sorgsam alles für den Aufstieg vor. Das Metall selbst hatte Hantschke mit einer matten dunkelgrauen Farbe überzogen, um jegliche Reflexion zu unterbinden. Schub für Schub brachte er jetzt das Rohr auf seine volle Länge, immer darauf bedacht, es so weit wie möglich in dem schmalen Schatten zu halten. Zum Schluss prüfte er noch einmal durch Druck und Zug die Stabilität. Ein letzter Blick galt dem Wachturm. Hantschke klammerte die Hände fest um das kalte Eisen. Jetzt musste alles schnell, aber doch so unauffällig wie möglich ablaufen. Das Anstellen der provisorischen Leiter gelang ihm in einem Zuge. Die notwendigen Griffe hatte er in letzter Zeit häufiger als sonst im Innenhof des verlassenen Häuserblocks geübt. Hantschke glitt geschmeidig nach oben. Dann war es geschafft. Er lag flach wie eine Flunder auf dem MAUER-Kranz. Er lauschte in die Nacht. Der sonst übliche Lärm, der sich erhob, wenn ein Fluchtversuch entdeckt worden war - er blieb aus. Sie schienen ihn noch nicht bemerkt zu haben. Der Schatten des Lichtmastes teilte seinen Körper in zwei Hälften. Nur, warum sprang Hantschke nicht sofort auf die andere Seite? War er wahnsinnig geworden? War er sich so sicher, dass ihm nichts mehr passieren konnte?

Er schien diesen Augenblick des Triumphes genießen zu wollen. Selbst wenn sie ihn jetzt entdeckten - ein Sprung würde ihn in die Freiheit retten. Er hatte sie alle überlistet. Einfach überlistet. Ein unbeschreibliches Wonnegefühl durchströmte Hantschke! Ein diabolisches Lachen lauerte in seiner Kehle. Er hätte am liebsten seine ganze Freude durch die Hunderte von Kilometern Stacheldraht entlang des »Eisernen Vorhangs« geschrieen. Die eisernen Riegel, mit denen er seine inneren Regungen so lange hatte unter Verschluss halten müssen, wurden in diesem Augenblick von dem übermächtigen Druck der aufgestauten Gefühle , die sich wie ein Schwall angesammelter Fluten sturzbachartig über die Umgebung ergossen, gesprengt. Der Schmerz über die geschlagenen Wunden bestimmte Hantschkes Freude über seine gelungene Tat. Bei dieser selbstgefälligen Schau drang ihm die Kälte des Kunststeins allmählich unter die Haut.

Da geschah etwas, auf das Hantschke nicht vorbereitet war. Es drang ganz langsam in ihn ein, so wie sich das Gift einer Schlange mit jedem Pulsschlag zum Herzen hin ausbreitet. Das Moos, das sich im Laufe der Jahre auf den Betonringen festgesetzt hatte, schien plötzlich überlange Wurzeln in seinen Körper zu schlagen, sein Innerstes mit unlösbarem Griff zu umranken. Er fühlte sich zunehmend kraftloser. Ja, dieses Gefühl beschlich ihn jetzt wie eine

Lähmung. Das Schlimmste war, dass er sich gegen diesen Gefühlsstrom nicht wehrte, sich vielleicht nicht einmal wehren konnte. Er schien sich dieser Kraft ganz auszuliefern. Der Stein, der eben noch so kalt in ihn eindrang, strahlte mit einem Mal ein Feuer aus, das Hantschkes Innerstes zu verbrennen drohte: Unendliches Heimweh durchglühte den augenscheinlich leblosen Körper auf der MAUER. »Mein Gott! - Es ist doch meine Heimat! Warum soll ich sie verraten? - Warum soll ich sie im Stich lassen? - Sie gehört doch zu mir! - Warum soll ich mir eine Wunde aus dem Fleisch reißen lassen?« - Er kam sich vor wie eine Biene, die ihren Stachel in des Gegners Haut geschlagen hatte, um sich dann durch blitzschnelle Flucht mit ausgerissenen Eingeweiden retten zu können. Und gerade in diesem Moment begriff Hantschke, dass er sich mit dem Sprung auf die rettende Seite das Leben aus seinem Innersten reißen würde.

Es war seltsam, beinahe unnatürlich, dass er in diesem Augenblick der Entscheidung keinen Gedanken auf all seine durchlittenen Mühen, Ängste und Entbehrungen verwendete. Keine klagende Erinnerung an die aufopferungsvollen Nächte schob sich störend in seine gegenwärtigen Empfindungen.

Noch immer liegt Hantschke regungslos auf der MAUER. Doch jetzt rollen heiße Tränen über seine Wangen und perlen kataraktartig von dem Rund des MAUER-Kranzes auf den so verhassten Boden, von dem er sich plötzlich nicht mehr trennen kann. Hantschkes Bewusstsein ist nun völlig aus den Fugen geraten. Ein Beobachter auf der anderen Seite der MAUER stünde fassungslos vor dieser Agonie, als Hantschke, scheinbar wie in Trance, neben seiner »Leiter« auf die Erde zurückspringt. Er ist nur noch beseelt von dem einen Gedanken:

nach Hause, heim in seine vier Wände, in den krummen alten Gassen wieder spazierenzugehen! Er läuft mit großen Sätzen aufrecht über das freie Gelände auf seinen Durchschlupf zu. Die brennende Sehnsucht nach zu Hause überdeckt auch den Schmerz in seinen Beinen, der infolge des hohen Aufpralls nach dem Sprung noch in den Knochen vibriert.

Jetzt bricht Lärm wie ein losgelassenes Rudel Wölfe in die Stille der Nacht. Lichtbündel bohren sich suchend in das bereits gespenstisch erhellte Gelände. Hantschke hört den letzten kreischenden »Halt«-Ruf nicht. Er will nur noch nach Hause. Da wischen Schüsse durch die Nacht. - Hantschke ist daheim. Die heimatliche Erde trinkt sein Herzblut.

Der schmerzfreie Patient

I

Mit einer lässigen Bewegung fing Peter den ziegelroten Basketball auf, lief ein paar Schritte, wobei er den Ball mehrmals spielerisch über den Boden tanzen ließ, tauchte katzenartig an seinem Gegner vorbei und schickte den Ball mit einem lockeren Wurf aus dem Handgelenk Richtung Korb. Doch dem Wurf fehlte die Exaktheit. Mirco, der in der gegnerischen Mannschaft spielte, sprang zusammen mit mir hoch, um den Rebound abzufangen. Vier Hände legten sich wie Eisenklammern um den Ball, entschlossen, das ziegelrote Rund den widerstrebenden Kräften zu entreißen.

Da jagte plötzlich ein stechender Schmerz mein linkes Bein hoch, schoss das Rückenmark hinauf und löste in meinem Gehirn einen grellen Blitz aus. Es war, als wenn eine Supernova in meinem Kopf explodiert wäre. Gleichzeitig löste sich aus meiner Kehle ein Urschrei. Für Bruchteile von Sekunden fühlte ich mich wie ein »Hau-den-Lukas« auf einem Jahrmarkt, dem man mit einem gewaltigen Schlag auf den Fuß den Eisenzapfen bis in den Kopf trieb, wobei der Knall aus einem Zündplättchen gleichzeitig mit dem Aufleuchten einer roten Lampe das Erreichen des Ziels signalisierte. Das Photo, das im selben Moment geschossen wurde, durfte man gratis mit nach Hause tragen. Es war »inklusive«. Dieses Bild der letzten hundertstel Sekunde sollte für immer auf das Zelluloid meines Lebensfilms gebannt bleiben.

»Herbie, Dein Eis!« hörte ich mich schreien. Herbie war Sportlehrer und hatte stets einen Erste-Hilfe-Koffer bei sich. Mit schmerzverzerrtem Gesicht lag ich rücklings ausgestreckt auf dem kühlen Hallenboden. Pulsierendes Reißen breitete sich in Wellen über meinen linken Fuß aus. Ich fühlte, wie jemand an meinem Turnschuh herumnestelte. »Vorsicht!« stieß ich hervor, als ein harter Schmerz eine falsche Bewegung beantwortete. Ich richtete meinen Oberkörper kurz auf, sank aber gleich wieder zurück. Der Knöchel hatte die Form einer unansehnlichen Knolle angenommen. Dann spürte ich das kühlende Zischen des Eissprays auf meiner Haut. »Aaach, tut das gut!« stöhnte ich beinahe wohlig. Der Schmerz ließ zusehends nach. Ich setzte mich auf. Herbie beugte sich gerade über meinen Fuß und tastete ihn vorsichtig ab. Mein jeweiliges Zucken schien ihm die notwendigen Informationen zu liefern.

»Das sieht nicht gut aus«, brummte er vielsagend, immer noch mit der Untersuchung beschäftigt. »Das ist nicht nur eine einfache Verstauchung.«

Seinen Worten fehlte der Zweifel, den ich unbewusst suchte. Dann schaute er auf, und unsere Augen trafen sich. Es war dieser unerbittlich wissende Blick, den er immer in den Augen hatte, wenn er etwas Unumstößliches ausdrücken wollte.

»Das ist mehr«, tropfte es langsam, aber definitiv aus ihm heraus.

Dieses kleine Wörtchen »mehr« traf mich wie ein Keulenschlag. Jeder von uns wusste, was damit gemeint war. Mein Oberkörper, der wieder neugierig alle Bewegungen der Untersuchung verfolgt hatte, fiel zum zweiten Mal kraftlos zurück. Der Satz riss für einen Augenblick eine gähnende Leere in meine Gedanken.

»Du irrst dich, Herbie. Du musst dich irren«, sagte ich zu mir. Meine polarisierten Gehirnzellen produzierten jetzt nur noch Abwehrstoffe. »Du kannst dich auch einmal irren.« Ich griff nach dem letzten Strohhalm. Doch es waren nur die Gedanken eines Verzweifelten. Ich wusste, Herbie galt als Fachmann auf seinem Gebiet.

»Du musst ins Krankenhaus zum Röntgen«, riss er mich aus meinen Träumen. »Komm, wir helfen dir hoch.« Gerhard und Herbie stützten mich auf dem Weg zum Auto.

Während Gerhard losfuhr, saß ich still zusammengekauert auf dem Beifahrersitz. Durch die nachlassende Kühle der Haut drang der Schmerz wieder in mein Bewusstsein.

»Ja, so schnell kann das gehen«, meinte Gerhard mit einem bedauernden Blick zur Seite. »Aber du wirst es überstehen«, versuchte er mich ein wenig zu trösten. »Ich glaube«, fügte er mit schwarzem Humor hinzu, »der Fritz hat doch recht mit seinem immer wieder zitierten Motto „Treibe Sport oder bleibe gesund"!«

Sein Lachen, das sicherlich als Aufmunterung gemeint war, klang in meinen Ohren wie das Scheppern einer ausgedienten Spieldose. Seine Worte drangen nur dumpf durch den Schleier der Gedanken, die wie ein aufgescheuchter Bienenschwarm in meinem Kopf herumschwirrten: Gipsbein, bewegungsunfähig, kein Sport mehr, auf Krücken humpeln, was wird mit meinem Beruf? Gerade hatte ich mich in meinen neuen Job eingearbeitet. Alles lief wunderbar. Hatte viel Spaß daran.

Jetzt fühlte ich mich, als sei ich querschnittsgelähmt. Schon sah ich mich im Rollstuhl am Schreibtisch sitzen, eingeengt zwischen aufreibender Arbeit und tragikomischen Garderobekunststücken. Meine Welt schrumpfte zusammen wie ein Ballon, aus dem die Luft entweicht. Jede Falte eine verhutzelte Hoffnung.

Ein Schnappen holte mich wieder in die Wirklichkeit.

Gerhard hatte vor dem Eingang zum Krankenhaus die Autotür geöffnet und half mir heraus. Er stützte mich an der linken Seite, als ich den schmalen Gang entlang hüpfte. Dieser kalkig-weiße Schlauch wirkte wie der getarnte Schlund zur Hölle. Am Ende öffnete er sich zu einer geräumigen Halle. Sie lag im Halbdunkel und verbreitete gespenstische Stille. Keine Menschenseele war zu erblicken. Das Bereitschaftshäuschen stand verwaist an der Stirnseite. Nur das schwache Licht einer Instrumententafel dämmerte gelangweilt vor sich hin. Die nackten Wände warfen sich gegenseitig das Echo meines dumpfknallenden Hupfens zu, als ob sie mit meinem Schicksal Ping-Pong spielten. Ich bewegte mich einbeinig auf ein karges Gestühl an der Längswand der Halle zu und ließ mich auf den harten Sitz fallen.

An meinem Los schien niemand Anteil nehmen zu wollen. Erster Unmut über so viel Gleichgültigkeit machte sich in mir Luft. Gerhards »Hallo«-Rufe wurden unbarmherzig von der lauschenden Stille aufgesogen.

Plötzlich brach ein leises rhythmisches Rascheln diese Stille. Unsere Blicke wandten sich erwartungsvoll in die vermeintliche Richtung. Eine Krankenschwester, die ihren Dienst beendet hatte, bog um die Ecke und strebte ahnungslos dem Ausgang zu. Unsere Worte fielen fast gleichzeitig wie ausgehungerte Hyänen über die Unschuldige her.

»Schwester, wir brauchen einen Arzt, der Fuß ist kaputt. Wahrscheinlich Bänderriss!« stießen wir in jetzt doch beängstigter Unruhe hervor.

Wohl verdutzt über den aggressiven Hilferuf blieb sie unvermittelt stehen und schaute mit großen Augen zu uns herüber.

»Soo, wo brennt's denn?« fasste sie sich schnell und

machte ein paar Schritte in unsere Richtung, beugte ihren auffallend ovalen Kopf nach vorn, als ob sie um eine Ecke lugen müsste, und musterte mein weggestrecktes Bein. »Na, der Fuß ist ja noch dran«, scherzte sie über mein Unglück. »Und einen verstauchten Fuß haben wir schon immer wieder hinbekommen.«

Ihren verschmitzten Blick konnte ich nur mit einem gequälten Lächeln erwidern. Aber vielleicht war doch alles nur halb so schlimm. Ich spürte auch gar keinen großen Schmerz mehr. Ich begann, mich etwas besser zu fühlen, wagte aber doch nicht, meinen linken Fuß zu bewegen.

Inzwischen hatte die Schwester das Bereitschaftshäuschen entweiht und einen Arzt verständigt.

»Es kommt gleich jemand!« rief sie uns zu und entschwebte durch die riesige Eingangstür.

Ich schaute auf die Uhr. Es war kurz nach halb neun. Die anderen saßen jetzt wahrscheinlich schon am Stammtisch bei ihrem ersten Bier. Ich musste unwillkürlich an das herrliche Gefühl denken, das ich empfand, wenn ich, ausgelaugt vom Spiel, die ersten Züge des kühlen Gerstensaftes hinunterstürzen konnte. Danach zündete ich mir immer eine Zigarette an und sog genüsslich den Rauch ein. Diese Phase der Entspannung war zu einem festen Ritual geworden.

Bei diesem Gedanken befiel mich ein unbändiges Verlangen nach einem Röllchen. Vergeblich griff ich suchend in meine Jackentasche. Alles lag noch in meinem Sportkoffer. - Und Gerhard war Nichtraucher. Ein sehnsüchtiges Stöhnen rang sich aus meiner Brust.

»So, hier sind Sie!« ertönte es ohne Vorwarnung von der Seite. Eine Krankenschwester steuerte auf uns zu, als ob ihr meine Entzugslaute gerade noch rechtzeitig den richtigen Weg gewiesen hätten. »Können Sie gehen?«

wandte sie sich an mich.

»Gehen nicht, aber hüpfen«, gab ich ihr zu verstehen und stand schon auf meinem rechten Bein.

»Warten Sie, ich hole Ihnen etwas.« Sie deutete mir an, mich wieder zu setzen. Ihre Geheimnistuerei klang so, wie wenn man einem Kind eine Überraschung verspricht. Sie öffnete eine Tür an der gegenüberliegenden Seite, griff in den finstern Raum, ohne das Licht einzuschalten, und zog etwas heraus.

Als sich dieses Unbekannte in den schwachen Lichtschein schob, kroch mir das Gefühl der absoluten Leere in die Magengegend. Mir war, als ob meine ganzen Innereien in ein Vakuum kippten. Als die Schwester mit dem Gefährt auf mich zurollte, schien sie mir ein Monster, das kleine, hilflose Kinder frisst. Der Rollstuhl bewegte sich auf mich zu gleich einer Baggerschaufel mit vorgeschobenem Unterkiefer, bereit, den daliegenden Unrat zu verladen.

Unwillig tastete ich mich über die Beinstützen zum Sitz vor. Dann bewegte sich der graue Kunststeinboden unter meinen Füßen hinweg wie ein ewig fließender Strom. In diesem Moment fühlte ich mich von der Außenwelt endgültig abgeschnitten. Ausgeliefert den Mächten eines wie auch immer gelaunten Krankenhauspersonals. Ein ausgestoßenes Häufchen Elend hätte die Rolle nicht besser spielen können. Auch bei Gerhard meinte ich zuerst einen Anflug von Betroffenheit in seinem Gesicht zu erkennen. Aber ich glaube, er hat, während er hinter uns herging, innerlich lauthals über diese seltsame Prozession gelacht.

Die Schwester öffnete eine Schwingtür, auf deren Milchglasscheibe »Röntgenraum« zu lesen war. Mit einem »Der Herr Doktor kommt gleich« gab sie mir noch einen Schub mit und ließ meinen Untersatz in den Raum ausrollen. Kurz vor einer erhöhten Liege mit einem riesigen Instrumentarium darüber kam der Rollstuhl zum Stehen.

Das ungewöhnliche Gerät an der Decke erweckte mein Interesse. Der rechteckige längliche Kasten, dessen Ecken abgerundet waren, prangte drohend an einem abgeknickten weißlackierten Stahlarm, dessen Kugelgelenk jedwede Bewegung erlaubte. Dem Arm eines Diskuswerfers gleich schwebte das ganze Gebilde in der Luft.

Die Schwester kramte unterdessen schon ein paar Formulare hervor und nahm meine Personalien auf. Dann verharrten wir alle in Wartestellung.

»Jetzt wird es sich gleich herausstellen, ob die Bänder wirklich durch sind«, unterbrach Gerhard das längere Schweigen, um den letzten Funken Hoffnung nicht ganz erlöschen zu lassen.

»Guten Abend«, dröhnte es unverhofft hinter mir. Mein Stuhl stand immer noch mit dem Rücken zur Tür. Im Spiegel der großflächigen Fensterscheibe sah ich einen weißen Kittel näherkommen.

»Dr. Lösch«, streckte sich mir eine Hand von der Seite entgegen.

»Guten Abend«, krächzte ich über den Kloß, der sich in meinem Hals festgesetzt hatte, hinweg und erwiderte seinen festen Händedruck. Um in sein Gesicht zu sehen, musste ich den Kopf weit nach hinten beugen. Dr. Lösch war eine hochgewachsene, stämmige Erscheinung.

»Da wollen wir einmal sehen, was mit dem Füßchen los ist. Wenn Sie sich bitte hier drauflegen würden.«

Er klopfte mit zwei, drei tätschelnden Handbewegungen auf das erhöhte Liegebett, so wie man einem Hündchen »Hopp« sagt, wenn es auf eine Couch oder einen Sessel springen soll. Mit einer notgedrungen ungelenken Bewegung setzte ich mich auf den Stahlrohrrahmen der Bahre und wälzte mich zur Seite, bis ich ausgestreckt auf dem Rücken lag. Die steril-saubere Papierunterlage knitterte knirschend unter meinem rollenden Gewicht.

Während Dr. Lösch noch einmal meinen linken Fuß, dessen Knöchel sich wie eine Skulptur in die Landschaft bauschte, abtastete, schob seine Helferin den Blechrahmen mit der Photoplatte mit einem scheppernden Ruck in die dafür vorgesehene Fassung. Es klang ähnlich dem stotternden Rubbeln einer nicht exakt laufenden Guillotine. Dann legte sie mir einen Bleischutz um, der wie ein mittelalterlicher Keuschheitsgürtel auf meinen Lenden lastete. Am Fußende verfolgte ich aus zusammengekniffenen Augen jede Bewegung von Dr. Lösch. Er zog sich gerade ein Paar Gummihandschuhe über seine Finger, die im Vergleich zu seiner Statur erstaunlich schlank waren.

»Jetzt muss ich Ihnen ein bisschen wehtun«, warnte er mich vor dem kommenden Unheil und plazierte den defekten Fuß unter den in Position gefahrenen Röntgenschirm.

»Wir machen eine 'Gehaltene Aufnahme'«, fügte er erläuternd hinzu.

(Eine 'Gehaltene Aufnahme' ist der Versuch, durch eine übernatürliche Verdrehung des Fußgelenkes einen Bänderriss festzustellen oder einen solchen herbeizuführen. Die Schmerznadel schnellt in beiden Fällen auf Spitzenwerte.)

Aus diesem Grunde veranlasste mich Dr. Löschs Hinweis dazu, den Kopf nach hinten zu nehmen, die Augen zu schließen und die Zähne fest aufeinanderzubeißen. Unwillkürlich schlossen sich meine Hände um die eisernen Rundstreben der Liege. Mitten in diese Anstrengung hinein platzte des Doktors »Jetzt«. Ich presste die Augenlider noch dichter, verkeilte meine Zähne in fast unnatürlicher

Weise ineinander und wartete auf einen Schmerz, der die Grenze des Erträglichen überschritt. Stattdessen hörte ich in weiter Ferne ein klickendes Geräusch, das von einem kurzen Brummen abgelöst wurde. Dr. Löschs Anweisung hatte seiner Hilfe gegolten, die Aufnahme zu schießen. Die übergroße Anspannung fiel von mir wie ein zerkochter Fisch.

»Das hat ja gar nicht so wehgetan,« kommentierte ich freudig überrascht das Ende der Aktion. Ich fasste wieder Mut. Anscheinend war es doch nicht so schlimm.

»Soo«, antwortete Dr. Lösch etwas gedehnt. »Um so besser für Sie.«

Sein Mund verzog sich zu einem vielsagenden Schmunzeln, sprang aber sofort wieder in seine wissenschaftlich unpathetische Form zurück. Mit diesem Orakelspruch ließ er uns allein und begab sich mit der Photoplatte in der Hand in den abgeschotteten Nebenraum.

Ich setzte mich wieder auf und verfolgte mit unruhigen Augen Dr. Löschs wehenden weißen Mantel. Bange Minuten des Wartens schleppten sich zäh dahin.

Dann ruckte die Tür des Nebenraumes auf, und mit siegessicherer Miene schritt Dr. Lösch, von unhörbaren Fanfaren begleitet, gladiatorengleich in den Raum. Eine verhaltene, doch unübersehbare Selbstgefälligkeit spielte um seinen Mund. Sein Stolz auf die unfehlbare Diagnose wogte in warmen Wellen an die Oberfläche und verursachte eine leichte Rötung seiner Gesichtshaut. Wie eine Reliquie trug er die Röntgenaufnahme an ausgestreckter Hand vor sich her. Sein skalpellscharfer Blick zerschnitt meine Hoffnung wie ein prall gespanntes Tuch. Die corrida hatte bereits stattgefunden, noch bevor ein einziges Wort gesprochen worden war. Ich spürte, wie mir die espada das Mark hinunterschlitzte.

»Meine Diagnose hat sich leider bewahrheitet.« Dr. Löschs Worte zerflossen bedeutungslos im Raum. »Wir müssen operieren. Sie können gleich bei uns bleiben.«

Bei diesen Worten strafften sich meine Schultern, die nach vorne eingesunken waren, zum Widerstand. »Wieso jetzt gleich? Ich muss erst nach Hause...meine Frau... meine Kinder... außerdem habe ich keinen Schlafanzug... ich brauche Waschzeug... muss einen Koffer packen«, stammelte ich konsterniert, und es waren eher Ausreden als Argumente, denn im Grunde genommen hatte mich die Wirklichkeit schon eingeholt.

»Vielleicht kann das Ihr Kollege für Sie erledigen?« wandte sich Dr. Lösch an Gerhard. »Wenn Sie so freundlich wären.«

Zum ersten Mal regte sich in Gerhard sichtliche Unruhe. Er trat verlegen von einem Fuß auf den anderen. Diese Entscheidung kam auch für ihn zu überraschend.

»Um die Schwellung schneller abklingen zu lassen, müssen wir den Fuß die Nacht über mit Eis kühlen«, erklärte uns Dr. Lösch und schaute dabei mit wechselndem Blick auf Gerhard und mich.

»Sie werden sehen« - Dr. Lösch legte vertrauensvoll seine Hand auf meine rechte Schulter und beugte sich etwas zu mir herunter - »Ihre Verletzung ist nur ein Klacks im Vergleich zu anderen Fällen. Allerdings sind Sie für die nächsten fünf Wochen außer Gefecht gesetzt. Aber ich werde Ihnen ein schönes Zimmer besorgen. - Schwester Barbara« - er drehte den Kopf schräg zur Seite, konnte aber die bisher namenlose Hilfe mit Sicherheit nicht sehen, da sie direkt hinter ihm stand, »bringen Sie unseren Patienten auf Zimmer 412, dort haben wir noch ein Bett frei.«

Er richtete sich wieder auf und reichte mir die Hand zum Abschied. »Wir sehen uns morgen wieder - Gute

Nacht!« nickte er uns allen zu und enteilte mit großen Schritten zu seiner nächsten Aufgabe. Sein weißer Mantel hatte Mühe, ihm zu folgen.

Ich stieg von der Liege wieder hinab in die Hilflosigkeit, und schon hatte mich der alte graue Strom unter meinen Füßen wieder. Während Gerhard die undankbare Aufgabe übernahm, meiner Frau die Unglücksnachricht beizubringen und meine Sachen zu holen, verschluckte uns der Fahrstuhl.

Als die Schwester die Tür zu Zimmer 412 aufklinkte, öffnete sich ein finsterer Raum, durch den die wechselnden Bilder einer Mattscheibe huschten. Plötzlich sprang ein flackerndes Neonband der Dunkelheit ins Gesicht. Der grelle Schein tauchte das Zimmer in klare Konturen

Vor mir an der rechten Wand reihten sich ein Holzschalenstuhl und ein Ohrenbackensessel, der mit hellbraunem Leder oder Kunstleder überzogen war. Dazwischen stand ein Wartesaaltisch mit einem kleinen Podest, von dem aus ein Color-Portable seine Scheinwelt ausstrahlte. Links, direkt neben der Tür endete abrupt nach circa zweieinhalb Metern eine Wand, die in der Mitte von einer anderen Tür unterbrochen war. Über das Eck dieser Wand waren zwei halbe Betten zu erkennen. Auf dem hinteren weißen Laken streckten sich zwei blaue Trainingshosenbeine aus, an deren Ende zwei weiße Socken herausragten. Als mein Rollstuhl über die niedrige Türschwelle in das Zimmer hineinholperte, brach das Fernsehbild mit einem klickenden Geräusch zusammen. Ich weiß nicht, ob es Höflichkeit oder Neugier war, die den Patienten - ich schätzte ihn um Mitte Fünfzig - dazu veranlasste, den Flimmerkasten zum Schweigen zu bringen. Auf jeden Fall begrüßten wir uns spontan als Leidensgenossen recht freundlich - es war erstaunlich, wie das gemeinsame

Schicksal sofort Kontakt und gegenseitige Sympathie zwischen zwei völlig fremden Menschen aufkommen ließ.

»Hat es Sie auch erwischt?« fragte er anteilnehmend. Doch in seiner Stimme schwang ein Unterton, der verriet, dass er aus meiner Verletzung einen kleinen Trost für sich abzweigte.

»Ja, leider. Bänderriss«, gab ich kurz zur Antwort und überspielte mit einem Kismet-Lächeln meine wahren Gefühle.

Inzwischen hatte die Schwester das Bett zurechtgemacht und half mir aus dem Rollstuhl.

»Wenn Sie sich bitte schon umziehen würden. Sie können solange dieses Hemd verwenden.« Sie legte ein weißes Baumwolltuch, dem man die Form eines Hemdes nicht ansah, auf das untere Ende des Bettes.

»Ich gehe nur schnell einen Eisbeutel holen«, kündigte sie ihre Rückkehr an und manövrierte den Rollstuhl zur Tür hinaus, die mit einem Knall, wie ihn Metalltüren erzeugen, zufiel.

Die Stille, die dem Türgeräusch folgte, - auch mein Zimmernachbar wagte keine weiteren Fragen, während ich mich umzog - wurde umso intensiver spürbar. Die ganze Malaise drang wieder in mein Bewusstsein und führte mich in eine tiefe Depression. Nur noch mit der Unterhose bekleidet saß ich auf der Bettkante und entfaltete das Gratisnachthemd. Schon beim ersten Griff fiel mir der Stoff entgegen. Ich stutzte und besah ihn ungläubig an ausgestreckten Händen. In seiner weißen Unbeflecktheit wirkte er wie ein Chirurgenkittel: runder Halsausschnitt mit zwei Kordeln zum Binden, zwei Arme zum Hineinschlüpfen - und hinten gähnende Offenheit. Als ich meinen Garderobewechsel abgeschlossen hatte, kam ich mir trotz Bekleidung ziemlich nackt vor. Deshalb zog ich mich schnell unter die nicht allzu dicke Bettdecke zurück.

Nach einigen Minuten des Schweigens wurde meinem Zimmergenossen die Stille anscheinend unerträglich.

»Haben Sie etwas dagegen, wenn ich den Fernsehapparat einschalte?« fragte er höflich, aber doch mit der Erwartung auf eine positive Antwort.

Mir war zwar im Augenblick nicht nach Fernsehberieselung zumute, aber als Neuer konnte ich ihn nicht vor den Kopf stoßen. Also gab ich nach. Ich kroch tiefer unter die Decke und lauschte dem schmerzlichen Pochen meines Klumpfußes.

Doch dieses Schneckendasein hatte unwillkürlich sein Ende, als die Tür aufflog und Schwester Barbara mit einem Eisbeutel in der Hand hereinfegte. Mit einer schwungvollen Handbewegung legte sie meinen linken Fuß frei, klatschte mir den eiskalten Beutel auf den Knöchel und befestigte ihn mit einer Binde am Fuß. Im ersten Moment glaubte ich, der vielgepriesenen Therapie einer Schockbehandlung ausgesetzt zu sein. Mein ganzer Körper zuckte unter der arktischen Kälte.

»Soo, das lassen wir die Nacht über drauf. Sie müssen den Fuß ziemlich ruhig halten«, gab sie ihre Anweisungen, ohne sich um meine Empfindungen zu kümmern. Dann war sie mit einem mitleidlosen »Gute Nacht« auch schon wieder verschwunden. Männer scheinen alles aushalten zu müssen.

Das einzige Problem bestand für mich jetzt darin, Schlaf zu finden. Nicht, dass mich der Lärm aus dem Fernsehapparat, den ich sicherlich nur subjektiv als zu laut empfand, daran hinderte. Nein, es war meine Gewohnheit, nur auf der linken Seite einschlafen zu können. Dies aber war mit einem schmerzenden Außenknöchel und einem darauf thronenden Eisbeutel unmöglich.

Doch wir alle unterliegen dem allwissenden Schicksal, das seine Schatten auch hier schon längst vorausgeworfen hatte. Denn - es dürfte so gegen dreiviertel Elf gewesen sein (die »Tagesthemen« hatten kurz vorher begonnen) - öffnete sich - diesmal sachte - die Tür, und ein hageres Gesicht schaute schüchtern um die Ecke, die, wie mir Schwester Barbara noch kurz erklärt hatte, Bad und Toilette hinter sich barg. Der Mann verharrte einen Augenblick an meinem Fußende und grüßte in bekanntschaftlicher Manier zum zweiten Bett hinüber. Dann wandte er sich mit einer leichten Verbeugung mir zu.

»Herr Perlau?« fragte er leise. Als ich die Frage bejahte, trat er an mein Bett heran und reichte mir die Hand.

»Peters«, stellte er sich vor. »Ich bin der Anästhesist. Ich möchte gerne mit Ihnen über die Operation morgen sprechen.«

Mit mulmigem Gefühl lauschte ich seinen wissenschaftlichen, aber doch verständlichen Ausführungen. Er erläuterte mir den Unterschied zwischen einer Spinalnarkose, die nur den Unterkörper betäube und den Vorteil biete, die Operation mitverfolgen zu können (allein der Name dieser Methode jagte mir den Schauer durchs Rückenmark, von dem Anblick eines, vor allen Dingen noch meines eigenen, aufgeschnittenen Beines ganz zu schweigen) und einer normalen Narkose (die Bezeichnung klang schon viel angenehmer in meinem Ohr), bei der ich allerdings für längere Zeit der Welt entrückt sei. Ich entschied mich trotz des längeren Abschieds von meiner Umgebung und der größeren Belastung des Kreislaufs für die Nirwana-Methode. Nach diesem gentlemen´s agreement verabschiedete er sich mit einem »Dann bis morgen. Gute Nacht!«

Dieses Gespräch hat mir wohl den Rest gegeben,

denn ich muss kurz darauf eingeschlafen sein. Gerhards Kommen habe ich schon nicht mehr bemerkt. Erst am nächsten Morgen sah ich den kleinen schwarzen Reisekoffer neben meinem Bett stehen.

Zu dieser Zeit - meine Uhr zeigte halb acht an - herrschte auf dem Stockwerk schon emsige Betriebsamkeit. Eine Schwester schwebte mit dem Frühstückstablett ins Zimmer und stellte es Herrn Kemper - so begrüßte sie den Mann neben mir - auf die Ablage. Danach streifte sie an meinem Bett vorbei und hielt mir ein rundes Schälchen hin. »Nehmen Sie bitte die Tablette um 13.00 Uhr ein«, erteilte sie ihre Anweisung und goss etwas Tee aus einer Thermoskanne, die anscheinend für jeden Patienten bereitstand, in ein Glas daneben. »Sie müssen heute leider fasten«, sagte sie beim Hinausgehen zu mir. »Sie stehen auf dem Operationsplan.« Es klang, als sollte ich zum Diner serviert werden. Mit hungrigen Augen verfolgte ich ihre Schritte, bis sie um die Ecke verschwunden war.

»Dieses Gefühl kenne ich«, ließ sich Herr Kemper zwischen zwei Bissen vernehmen und blickte dabei verständnisvoll herüber. »Ist schon meine dritte Operation. - Diesmal machte die Hüfte nicht mehr mit. Liege bereits seit vier Wochen hier. - Wird Zeit, dass ich rauskomme.« Er schenkte sich eine zweite Tasse Tee ein. »Wie ist Ihnen das passiert?« fragte er interessiert, während er den Zucker in seinem Tee umrührte.

»Beim Sport. - Totaler Bänderriss«, klärte ich ihn auf.

»Oh, auch nichts Angenehmes«, stellte er mitleidvoll fest. »Da werden wir ja noch einige Zeit zusammenliegen«, zog er ein Fazit seiner Bestandsaufnahme.

Ich schob die Hände unter den Kopf und starrte zur Zimmerdecke hoch. Die eingetretene Gesprächspause unterbrach Herr Kemper nur durch gelegentliches Klappern mit dem Geschirr. Nach einiger Zeit schob er, den letzten Bissen hinunterkauend, die Ablageplatte mit dem Tablett auf ihrem Drehgelenk zur Seite und schaltete das kleine Kofferradio auf dem Nachtschränkchen ein. Herr Kemper schien ein absoluter Medienfreak zu sein. Aus dem Lautsprecher ertönten gerade die letzten Sekundenpiepser vor der Zeitansage. (Dieser Vorgang sollte sich mit unumstößlicher Regelmäßigkeit wiederholen.) Die Stimme des Sprechers verbreitete die neuesten Nachrichten im ganzen Raum. Eine Flucht war in meinem Zustand nicht möglich. Ich fühlte mich einer Welt ausgeliefert, der ich durch konsequentes Nichtlesen einer Zeitung stets zu entrinnen versuchte.

Sie, lieber Leser, werden mich jetzt vielleicht als Kulturbanausen und Politikmuffel verurteilen, aber ich habe die bittere Erfahrung machen müssen, dass der Wert der Information, die man aus dem Lesen einer Zeitung gewinnt, in keinem rechten Verhältnis zu dem dafür erforderlichen Zeitaufwand steht und dass die zahlreichen Anlässe zur Verärgerung der Bürger in nicht mehr zumutbarem Maße aufgetischt werden. Ob das an den Redakteuren liegt oder den jeweiligen verantwortungslosen Verantwortlichen der Öffentlichkeit zuzuschreiben ist, konnte ich bisher mit letzter Gewissheit noch nicht entscheiden.

Da ich wieder an die bevorstehende Operation denken musste, drangen die Nachrichten nur fetzenweise in mein Bewusstsein.

Als das Operationskommando mit einer fahrbaren Trage ins Zimmer rollte, wurde mir klar, dass es wohl auch an der Tablette, die ich mir vorher verabreicht hatte, gelegen haben muss, dass ich an immer stärkeren Bewusstseinsstörungen litt. Und als Schwester Barbara mir (jetzt schon auf der Bahre) in liebenswerter Weise noch eine Spritze durch den Körper jagte, glaubte ich von einer Eskorte verschleierter Feen in ein Traumland entführt zu werden. Die Deckenbeleuchtung, der Türrahmen ... entfernten sich immer weiter in zerfließenden Konturen. Dann fing mich eine weiche Wolke auf.

II

Monika, meine Frau, und meine beiden Töchter waren zu Besuch gekommen, um mir vor meinem schweren Gang den letzten Trost zuzusprechen. Wie furchtbar muss ihr Entsetzen gewesen sein, als sie anstatt in ein Krankenzimmer zu einer Glastür geführt wurden, durch die sie ihren geliebten Mann und Vater wie eine Mumie aus vergangenen Zeiten daliegen sahen. Wer weiß, wie lange ich bereits im Vorraum ausgestellt war. Das Haar klebte verschwitzt am Kopf, das kreidebleiche Gesicht schien von jeglicher organischer Versorgung abgeschnitten. Der Körper zeigte keinerlei Anzeichen von Leben.

Die Kinder, so erzählte mir Monika später, waren anfänglich über das seltsame Bild belustigt, wohl weil sie ihren Vater noch nie so stillgelegt erlebt hatten. Aber nach einer Weile wurde ihnen doch mulmig, als ich keinerlei Reaktion auf die zärtlichen Zurufe zeigte. Wie sollte ich auch, da mein gesamter Kreislauf damit beschäftigt war, gegen die ermüdenden Kräfte der Chemie anzukämpfen. Ganz, ganz langsam schob sich ein immer breiter werdender Lichtschleier in meine dunkle Welt. Bald konnte ich schemenhaft erste Umrisse erkennen. Bei dem krampfhaften Versuch, deutlichere Bilder aufzunehmen, blieben meine Blicke an bunten tanzenden Punkten hängen. Noch ahnte ich nicht, dass dies die aufgeregten Wink- und Sprungbewegungen meiner Töchter waren. Angeblich hätten sie auch an die Scheibe geklopft und gerufen, aber mein körperliches Vakuum ließ keine akustischen Transmissionen zu. Nach einiger Zeit war zur Freude aller die Verbindung zur Außenwelt wieder hergestellt, und meine Totenmaske dehnte sich in einem befreiten Lächeln. Jetzt betrat auch eine Schwester, die offensichtlich die ganze Zeit über mein Schattendasein unauffällig überwacht hatte, den Glasraum und rollte mich unter aufmunternden Worten in mein Zimmer zurück. Meine Familie folgte in angemessenem Abstand. Von der Krankenhilfe alleingelassen, konnten wir alle ungestört unser Wiedersehen feiern - auch Herr Kemper war, aus welchen Gründen auch immer, nicht in seinem Bett. Ich muss jedoch gestehen, dass diese Familienzusammenführung aufgrund meiner noch getrübten Sinne über meine Kräfte ging. Monika schien meine momentane Schwäche bemerkt zu haben und drängte nach kurzer Zeit die Kinder zum Aufbruch. (Sie erzählte mir später, dass sie wegen meiner zum Teil wirren und unpassenden Antworten schon Angstzustände bekommen hätte. Auch hätte sie die Kinder nicht länger den rätselhaften Äußerungen ihres Vaters aussetzen wollen, da sie durch die lange Wartezeit vor dem Operationssaal schon ziemlich beunruhigt gewesen wären.) Kaum hatte sich die Tür geschlossen, musste ich in einen ohnmachtähnlichen Schlaf gefallen sein, der sein Ende erst am nächsten Morgen fand, als Schwester Marga die Schleuse zum Zimmer aufstieß und neben ihrem hellem »Guten Morgen« die klappernden Geräusche auf dem Gang hereinfluten ließ. Bevor ich mich noch räkeln konnte, stand sie schon neben meinem Bett und nestelte mit den Worten »Warten Sie, ich helfe Ihnen ein bisschen!« an der Mechanik des Bettgestells herum, so dass ich mich zum Frühstück bequem setzen konnte.

Erst jetzt, als ich mit aufgerichtetem Oberkörper nach hinten rutschen wollte, wurde mir die gewichtige Behinderung meines linken Fußes bewusst. Neugierig und vorsichtig zugleich zog ich mit dem rechten Fuß den unteren Teil der Bettdecke etwas zur Seite. Eine klumpige Gipsmasse, die an der Oberseite leicht gespalten war, kam zum Vorschein. Aus der Öffnung ragte ein Plastikschlauch ins Freie. Voller Verwunderung verfolgte mein Blick das Röhrchen und blieb an einem Gefäß, das mit einer roten Flüssigkeit gefüllt war, hängen. Schwester Marga musste wohl meine Gedanken erraten haben. Denn als sie das Frühstückstablett auf die Ablage neben meinem Bett stellte, beruhigte sie mich: »Das ist weiter nicht schlimm. Damit wird die Wundflüssigkeit aufgefangen. Sie müssen den Fuß nur ziemlich ruhig halten.« Ich gab mich damit zufrieden, denn meine ganze Aufmerksamkeit galt nun dem Frühstück. Trotz der kurzen Fastenzeit verspürte ich einen ziemlichen Heißhunger. Während des Essens ließ mich ein plötzlich stechender Schmerz im linken Fußgelenk gehörig zusammenzucken. Für einige Augenblicke unterbrach ich sogar meine Kaubewegungen und wartete auf einen weiteren unangenehmen Reiz.

»Alles in Ordnung?«, ließ sich teilnahmsvoll die Stimme meines Leidensgenossen vernehmen und versetzte mich in eine gewisse Verlegenheit. Ich war die ganze Zeit so mit mir selbst beschäftigt, dass ich die Anwesenheit meines Zimmernachbarn gänzlich übersehen hatte.

»Entschuldigen Sie«, versuchte ich meine scheinbare Gleichgültigkeit zu erklären, »aber die Operation hat mich stärker mitgenommen als ich befürchtet hatte«.

»Das kenne ich«, gab Herr Kemper verständnisvoll seine Erfahrung zum Besten. »Als ich Sie so lange regungslos neben mir liegen sah, da dachte ich auch an meine fünfunddreißig Stunden totenähnlichen Schlafes. - Aber wenn das Essen wieder schmeckt, ist das Schlimmste überstanden. - Unangenehm ist nur«, setzte Herr Kemper seine gut gemeinten Erklärungen fort, »wenn das Röhrchen herauskommt.«

Ich musste unwillkürlich auf meinen noch immer freigelegten Klumpfuß schauen und betrachtete argwöhnisch das Plastikgeschläuch. Im Augenblick konnte ich außer einem leichten Pulsieren keine Unannehmlichkeiten spüren.

Doch die Vermutung, Herr Kemper habe in seinem Erzähleifer etwas übertrieben, wurde am folgenden Tag von einem Assistenzarzt drastisch widerlegt. Zwar hatte auch er mich mit dem Hinweis »Jetzt muss ich Ihnen kurz ein bisschen wehtun« vorher zu warnen versucht, aber wer hält schon einen Arzt für einen Folterknecht, wo doch seine Kunst darin besteht, die Schmerzen seiner Patienten zu lindern. Nachdem Dr. Kuhlich, so sein beruhigender Name, meinen Fuß aus dem Spaltgips geschält und den Verband, der das Röhrchen in seiner Position hielt, abgewickelt hatte, zog er mit einem kräftigen, nicht allzu schnellen Ruck das ausgediente Instrumentarium aus meinem schuldlosen Fleisch. Die Empfindung, dass er mir eher eine glühende Nadel in die offene Wunde stieß, versetzte meine Schmerzzellen in helle Panik. Der Verbindungsnerv zu meinem Gehirn begann in flatternde Rotation versetzt zu werden, so dass die Hypophyse Gefahr lief, aus ihrer Verankerung zu reißen. Ein peinerfülltes »Aaaahh!!« entrang sich meiner Brust, wurde aber sogleich durch Dr. Kuhlichs »Schon vorbei!« im Keim erstickt.

Hätte ich gewusst, dass dies die letzte Feuerprobe zu einem neuen Leben war, hätte ich mir selbst diesen Urschrei verbissen.

III

Von nun an verlief alles in wohlgeordneten Bahnen: Frühstück, Tee, Mittagessen, Abendessen, Tee. Selbst die peinigende Weckfolter, die sich jeden nachtgrauen Morgen wiederholte, hatte ihren festen Platz im Rhythmus des Tages. Nicht dass sie dadurch etwas von ihrem Schrecken verloren hätte. Aber wenn gegen halb sechs Uhr früh mit einem lauten Knall die Tür aufflog, verkrampfte sich der Körper in einer konditionierten Selbstschutzreaktion bis zur Schmerzunempfindlichkeit gegenüber der Nadel, die unbarmherzig allmorgendlich meine Haut an einer anderen Stelle durchbohrte, um mein Blut, das durch das träge Herumliegen einzudicken drohte, in Fluss zu halten. Da ich danach erneut in einen tiefen Schlaf versank, empfand ich all diese weißen Geistererscheinungen wie einen nebulosen Spuk.

Im Gegensatz zu den besorgten Gedanken und sorgenvollen Alpträumen der Vortage stellte sich mit dieser rhythmischen Prozedur eine wohltuende Ruhe ein. Vergessen waren die Sorgen um die berufliche Arbeit, die noch zu erledigen wäre. Mir war - ich kannte mich selbst nicht mehr - plötzlich alles schnurzegal. Ich erhob auch keinerlei moralische Bedenken gegen diese unmoralische Einstellung. Dies verstieg sich so weit, dass ich meine Arbeitskollegen, die mich, in der Hetze zwischen Arbeitsende und Abendbrot, mit ihren Besuchen, Blumen und Geschenken aufzumuntern trachteten, mit verhohlener Genugtuung und innerem Mitleid, vielleicht sogar Schadenfreude, empfing. Eine ungeahnte Freiheit lag vor mir. Zwar war ich an das Bett gefesselt, aber keine noch so kleine Verpflichtung trieb mich in die Sielen des Alltags zurück. Der Klumpfuß blieb eine objektive Behinderung, hatte aber, da er sich nicht mehr mit Schmerzen bemerkbar machte, keinerlei negative Auswirkungen auf mein seelisches Empfinden. Im Gegenteil! Ihm verdankte ich das Gefühl der Schwerelosigkeit, das mich aller menschlichen Gravität enthob.

In diesem Zustand der Pflichtlosigkeit packte mich ein unstillbarer Hunger nach Betätigung. Nicht die physische Kraft des Körpers, sondern ein geistiges Energiepotential sah sich unvermittelt freigesetzt, wie wenn man einem Druckbehälter den Deckel abgezogen hätte.

- Nun möchte ich bei Ihnen, lieber Leser, nicht den Eindruck erwecken, als stünden Sie hier einem ätherischen Geniebündel gegenüber. Meine Person zeichnet sich dadurch aus, dass sie einen ganz normalen Menschen verkörpert. Seien Sie also auf der Hut, dass Ihnen nicht ähnliches widerfährt. -

Mich verlangte nach einer Fülle von Lesestoff. Ich stellte Monika eine Wunschliste von den Büchern zusammen, die als Folge einer sporadischen Kaufwut zwar schon seit geraumer Zeit das häusliche Bücherregal zierten, aber immer noch das Etikett der Jungfräulichkeit trugen. Dazu kamen die gutgemeinten Bücher meiner Arbeitskollegen (als Kranker wird man unausweichlich zum Intellektuellen). Ein Buch erregte meine besondere Aufmerksamkeit: »Optimisten leben länger«. Bei der Lektüre dieses Bändchens wurde mir von Seite zu Seite klarer, dass mein individuelles Leben erst jetzt begann.

IV

Eines Morgens verspüre ich nach erfolgreichem Nadelschuss den unbändigen Drang, etwas niederzuschreiben. Vielleicht liegt es daran, dass den Injektionen spezielle Treibmittel beigemischt werden, um den Patienten das Gefühl der Langeweile zu nehmen. Diese innere Unruhe mag aber auch ihren Grund darin haben, dass ich seit gestern mit Krücken ausgestattet bin und die Erlaubnis habe, jeden Tag zwei Mal auf drei Beinen humpelnd die vorgesehene Bewegungstherapie zu erfüllen. Nach meinem ersten Ausflug fühlte ich mich jedoch total erschöpft und kehrte schweißgebadet zu dem Hort meines Wohlseins zurück. Es dauerte eine geraume Zeit, bis sich mein entwöhnter Organismus wieder beruhigt hatte.

Ich suche emsig nach einem Blatt Papier, aber unter all der Bücher- und Zeitschriftenflut kann ich nichts Undrucktes mehr finden. Schließlich fallen mir die Zeichnungen meiner beiden Töchter, die sie mir mit pausbackiger Freude überreicht hatten, in die Hände. Zunächst zögere ich, diese Geschenke zu missbrauchen. Doch da sich mein Schöpfergeist immer heftiger zu Wort meldet, ringe ich mich letztendlich dazu durch, meine geistigen Ergüsse auf den Rückseiten der bunten Zeichnungen zu Papier zu bringen. So sitze ich nun hier und schreibe meine Leidensgeschichte.

Diese Tätigkeit wird immer wieder in angenehmer Weise unterbrochen von einem Gespräch mit Herrn Kemper oder einem erneuten Krückenrundlauf. Auch Herr Kemper ist jetzt soweit genesen, dass er nach täglicher Gymnastik mit einer ebenso freundlichen wie hübschen Krankengymnastin seine operierte Hüfte ausführen darf. Seltsamerweise unternehmen wir, obgleich beide nun mobil, nie unsere sportlichen Exerzitien gemeinsam. Vielleicht liegt es daran, dass wir zu keiner Zeit eine gleichschnelle Gangart finden. Denn an diesem Tag treibt der sportliche Ehrgeiz den einen zu flotterem Schritt, an jenem eilt der andere mit forscherem Stockschlag den langen Korridor auf und ab. So huschen oder schleichen wir aneinander vorbei, wobei jede erste Begegnung von zwei aufmunternden Lächeln gekreuzt wird.

Wenn erneut Kollegenbesuch an die Tür klopft, und wir die willkommene Abwechslung freudig begrüßen - jeder nimmt am Besuch des anderen innig teil - werden die zwanglosen Gespräche zu einem Audienzfall. Mit innerer Gelassenheit registrieren wir die verborgene Hast der Kollegen, noch schnell ihrer Besuchspflicht nachkommen zu wollen. Wir ruhen, jetzt völlig der hektischen Zwänge des Alltags enthoben, auf den weißen Laken und nehmen, gestützt durch das hochgeklappte Oberteil des Bettes halb aufrecht sitzend, die zahlreichen Neuigkeiten der Welt draußen entgegen. Noch nie haben wir, Herr Kemper und ich, das gestanden wir uns in einer schwachen Minute, eine solche Freiheit genossen. Selbst die aufrichtige Anteilnahme und das Mitgefühl von Seiten der Freunde und Verwandten, die uns immer wieder unsere Krankheit in Erinnerung rufen, lassen zu keiner Minute das Bewusstsein aufkommen, wir seien in dem Vierhundert-Betten-Kasten eingesperrt. Doch da wir inzwischen frei von Schmerzen sind, empfinden wir die Situation als angenehme Abschottung gegenüber den Bedrängnissen unserer Berufswelt. So können wir dank unserer Krankheit unsere eigene Zeit, geprägt von zwischenmenschlichen Beziehungen, in humaner und produktiver Weise selbst gestalten. Bald haben wir so unser Leben fest eingerichtet, und der frühere Berufsalltag ist nur noch trübe Erinnerung.

Um so härter trifft uns die Nachricht von Chefarzt Dr. Lösch - er zeigt sich zum ersten Mal verwundert, warum wir nie nach dem Entlasstermin fragten - dass wir in zwei Tagen das Krankenhaus verlassen dürfen. Unbarmherzig hat also das Schicksal seinen Faden hinter unserem Rücken weitergesponnen und lässt uns jetzt am Ende des Strickes gnadenlos fallen.

75

»Sie können sich zu Mittag von ihren Damen abholen lassen«, wiehert Dr. Lösch mit freudigem Lächeln und liefert uns termingerecht wieder der unwirtlichen Welt aus.

Wie wenn sich unsere Frauen verabredet hätten, treffen sie beinahe zur gleichen Zeit ein, um uns heimzuholen. Mit etwas wehmütigem Blick verabschieden wir uns von unserer Freiheitszelle. Doch als Herr Kemper und ich über den Hof zu den Autos gehen, schauen wir uns noch einmal vielsagend an: »Bis bald!« treffen wir unsere geheime Verabredung.

Jenseits von Mensch und Tier

Nach längerem vergeblichem Suchen haben wir endlich eine Unterkunft für eine Nacht gefunden. »Bed and Breakfast« nennt man das hierzulande. Wir waren gerade auf Entdeckungsreise durch Großbritannien. Diesmal bot uns ein viktorianischer Prachtbau Unterschlupf. Doch die einstige Größe war schon sehr verblasst. Für eine Restaurierung der angegriffenen Sandsteinfassade reichte das Geld der verwitweten alten Dame nicht aus. Ihr Mann, Gott hab' ihn selig - so entschuldigte sie das ungepflegte Aussehen der Flurwände - habe ihr nur eine kleine Pension hinterlassen. Die Zimmer aber seien tadellos in Schuss und alle mit fließend Wasser ausgestattet.

Eine Katzenwäsche an den stilgerechten Waschbassins machte uns wieder frisch von den Strapazen eines anstrengenden Reisetages. In der freudigen Erwartung eines "small talk" und einer "pint of Guinness" in einem Pub, das wir auf unserer Quartiersuche schon ausfindig gemacht hatten, hasteten wir die knarrende Holztreppe hinunter, wobei wir immer eine der an den Vorderkanten abgewetzten Stufen übersprangen. Unter der Haustür stülpten wir uns mit einem schnellen Ruck die Kapuzen unserer Parkas über, bevor wir mit trippelnden Sprüngen und regenschlüpfriger Haltung unserem Auto zustiegen.

Es war jetzt schon der dritte Regentag. Die grauverhangene Wolkendecke schien in ihrer schieren Endlosigkeit der Insel die Sonne für immer entziehen zu wollen. In der hereinbrechenden Dunkelheit wirkte die so inszenierte Trostlosigkeit beinahe erdrückend. Auf Knopfdruck wischte sich die Windschutzscheibe ein Paar Augen aus dem ineinanderfließenden Nass. In regelmäßigen Intervallen prismierte das Licht einiger alter Gaslaternen in der für Augenblicke einsetzenden Blindheit. In diesen Momenten schien die Außenwelt in Formlosigkeit zu zerbrechen. Nach kurzer Fahrt hielt ich das Auto vor dem Pub an. Bif - das war der Spitzname meines Freundes und Reisebegleiters - zog sich den Parka noch enger. Dann spurteten wir mit den gleichen schutzsuchenden Verrenkungen in den Eingang der Kneipe.

Aus der offenen Tür schlug uns ein leicht süßlicher Duft entgegen, eine Mischung aus verbrauchter Luft, abgestandenem Rauch und frisch geblasenem Dunst, die von einer angenehmen Wärme getragen wurde. Wir hängten unsere nassen Klamotten auf die schon stark in Mitleidenschaft gezogene Garderobenleiste. Während wir auf die Theke zusteuerten, rieb ich mir die Wärme des Raumes - zu dieser Zeit sind englische Kneipen schon ziemlich gut besucht - in die kalten Finger.

»Two pints of Guinness, please«, flötete ich, als die Reihe der Bedienung an uns war.

»You're not English, are you?« stellte der Wirt lakonisch fest. »Where are you from?«

Sein Sinn für das Alltägliche hatte uns bei unserem unprofessionellen Englisch ertappt. Er beugte sich leicht nach vorn über den Tresen, während er gleichzeitig unsere Gläser füllte. Seine stattliche Größe zwang ihn bei jeder Konversation dazu, den Kopf etwas nach unten zu nehmen, um sein Gesicht aus dem Schatten des tiefhängenden Gläserbords zu nehmen.

»We come from the Continent. We are touring Britain«, beantwortete Bif seine Frage. Dann folgten ein paar wechselseitige Interpretationen der gegenwärtigen Wetterlage. (Die Rolle des Wetters in der englischen Konversation ist in der Tat, wie überall, eine dramatisch nichtige.) Unsere nicht gerade wohlwollenden Äußerungen über das insulare Klima nahm der Wirt als floskelhafte Windhosen nicht übel. Der nächste wartende Gast trieb ihn schon wieder zu emsiger Geschäftigkeit.

Der Raum an der Theke war inzwischen noch enger geworden. Bif nickte auffordernd in die Richtung eines freien kleinen runden Tisches an der Längsseite des Pub, der gerade Platz genug für zwei Personen bot.

Bei dem Gedränge der Gäste war es verwunderlich, dass dieser Platz noch nicht besetzt war. Aber anscheinend waren wir die kleinste Einheit in diesem Trubel.

Wir mussten unsere Gläser durch eine Gruppe stehender Gäste jonglieren, ein Unterfangen, das in England ein hohes Maß an Präzision erfordert, denn im Gegensatz zu deutschen Gepflogenheiten werden die Gläser in englischen Kneipen mehr als randvoll eingeschenkt. Erleichtert setzten wir uns auf die leichtgebauten Rundholzstühle, deren Polsterung zwar schon reichlich abgewetzt war, aber dennoch nicht den Eindruck von Schmuddeligkeit erweckte. Die bequemeren Sessel hatten alle schon ihre Liebhaber gefunden. Trotz der härteren Sitzfläche schien die ganze Anspannung des langen Reisetages von uns abzufallen, als wir das Gestühl unter unseren Hintern spürten. Wir erhoben vorsichtig die Gläser, wobei zwangsläufig etwas von dem kostbaren Nass daneben floss, und nahmen mit vorgebeugten Oberkörpern - um vergeblich zu verhindern, dass die von der Unterkante des Glases wegtropfende Flüssigkeit sichtbare Flecken auf unseren Hosenbeinen hinterließ - einen ersten kräftigen Schluck von dem dunklen Gebräu. Plötzlich verspürte ich den unwiderstehlichen Drang nach einer Zigarette. Zwar war ich nur Gelegenheitsraucher, aber jetzt war eine solche Gelegenheit unabdingbar gekommen. Bif schien meine Gelüste zu erahnen, denn er fummelte bereits an seiner Brusttasche herum und holte eine leicht zerknitterte Zigarettenschachtel hervor. Er schüttelte den Inhalt kurz auf und bot mir beinahe gewohnheitsmäßig einen seiner schwarzen Lieblingsstängel an, obwohl er wusste, dass ich seine "Rachenputzer", wie ich sie immer bezeichnete, nicht ausstehen konnte. Dankbar, beinahe gierig ergriff ich diesmal einen Glimmstängel - und erntete dabei Bifs höchst verwunderten Blick. Aber er verkniff sich eine spitze Bemerkung. Stattdessen klickte er in der unnachahmlichen, nur von ihm beherrschten Weise sein Feuerzeug an - mit trickhafter Geschwindigkeit zauberte er schon eine Flamme hervor, noch während er die Zigarette aus der Schachtel fingerte, wobei die Zigarette normalerweise sofort die Position über der Flamme einnahm, und Bif beim ersten Aufglühen des Tabaks bereits den Dampf einsog. Diesmal reichte er jedoch die Flamme zuerst zu mir herüber, wobei seine eigene Zigarette in angemessenem Abstand vom Feuer zwischen Zeige- und Mittelfinger seiner linken Hand (Bif war Linkshänder, und man sagt, dass Linkshänder besonders geschickt und intelligent sein sollen) parkte. Genüsslich zog ich den schwarzen Rauch ein und ließ ihn als langen schmalen Kondensstreifen wieder ins Freie. Wie ein breites Band dehnte er sich in den Raum. Ich blickte ihm sinnend nach, während sich seine Konturen in den schon bestehenden Rauchschwaden der Kneipe langsam auflösten.

Bif hatte ein ähnliches Behagen befallen. Er nahm noch einen Schluck, lehnte sich zurück und paffte vor sich hin. Beide hatten wir im Augenblick keinerlei Bedürfnis nach englischer Konversation, wie das sonst der Fall war. Bif murmelte etwas wie »... hoffentlich morgen besser« vor sich hin . Ich ahnte, was er meinte, und nickte zustimmend. Während ich mich weiter als Gelegenheitsraucher betätigte, ließ ich meinen Blick von einer Tischgruppe zur anderen schweifen. Überall herrschte angeregte Unterhaltung.

An dem Tisch rechts neben uns bricht gerade schallendes Gelächter aus. Dem Dialekt nach zu urteilen müssen es Ureinheimische sein. Zwei von ihnen drehen sich mit noch lachenden Gesichtern nach hinten um. Ich folge ihren unsichtbaren Blicken ...

Eine Welle arktischer Kälte rollt durch meinen Körper. Nicht, dass sich etwas sensationelles dort hinten abspielt. Es sind die Augen. Die zwei Augen einer Gestalt, die im Halbdunkel sitzt, da die letzte Lampe in dieser Reihe das Eck nicht mehr ganz ausleuchtet. Es zeigt sich kein Flackern, keine Unruhe in ihnen. Doch gerade diese eingefrorene Stetigkeit will mir das Innere ausbrennen. Der Blick scheint aus einer unendlichen Tiefe zu kommen, in die sich die einsame Existenz des Mannes zurückgeschrumpft hat. Eine Mischung aus Verzweiflung, Resignation und Trotz spricht aus seinem Blick. Seine Augen zeigen einen seltsamen Glanz, wie wenn eine sterbende Glut durch einen Windhauch plötzlich wieder aufglimmt. Er muss uns schon eine Zeit lang beobachtet haben, denn plötzlich hängt sein Blick hoffnungsvoll, ja bittend an meinen Augen. Die Unbeweglichkeit, mit der er die ganze Zeit dasaß, geht auf einmal in ein Scharren der Finger über, die immer unruhiger undefinierbare Figuren auf den Tisch kratzen. Sein kristallisiertes Innenleben scheint von einer unsichtbaren Kraft Faser für Faser geschmolzen zu werden. Seine auf Eis gelegten Gefühle tauen ihm in das Fleisch und verursachen die beinahe unkontrollierbaren Regungen, die nichts anderes sind als die Anzeichen eines zurückkehrenden Lebens. Ich schaue gebannt auf diese Wiedergeburt und kann wohl nur erahnen, welch ein gewaltiger Existenzkampf sich hier abspielt. Noch scheint keine Entscheidung gefallen zu sein, doch das zitternde Beben, das den alten Körper schüttelt, kündigt einen nahe bevorstehenden Ausbruch an. Mich erfasst plötzlich Angst um den alten Mann, den ich nicht kenne, der mir im Grunde auch egal ist, und mit dem ich mich doch in diesem Augenblick so eng verbunden fühle. Das Stimmengewirr der Leute in der Kneipe prallt an meinem kondensierten Bewusstsein ab. Meine ganze Welt ist auf einen alten Mann zusammengeschrumpft, der all seine Überwindungskraft in den Versuch zusammenpackt, sich von seinem Platz zu erheben. Mit der linken Hand stützt er sich, noch zögernd und ungläubig, am Tisch ab. Wie ein Krüppel, der das Gehen neu lernen muss, setzt er vorsichtig Fuß vor Fuß, immer bereit, seinen gefassten Entschluss rückgängig zu machen.

Als sein langsamer Schritt in den Lichtkegel der Lampe dringt, reißen die kompakten Umrisse auf. Von seinen Schultern hängt gleichgültig ein Mantel herab, der sich vorn leicht geöffnet hat. Die vielen Schattenrisse an den Rändern legen die Vermutung nahe , dass der Stoff schon reichlich abgewetzt, ja ausgefranst ist. Plötzlich werde ich durch die Stille um mich herum aus meinem Bann gerissen, vergleichbar dem Erlebnis der Anwohner der Niagara-Fälle, die, an das mächtige Tosen der gewaltigen Wassermassen gewöhnt, eines Nachts aufgeschreckt aus ihren Betten fuhren, weil ihre Welt aus dem Lot schien, als, wie sich später herausstellte, aufgetürmte und ineinander verkeilte Eisblöcke dem Wasser den Weg versperrt und auf diese Weise zum Schweigen gebracht hatten. - Aus den Augenwinkeln sehe ich die gesamte Besatzung unseres Nachbartisches in die gleiche Richtung starren. Einige glotzen mit halboffenen Mündern, anderen spielt ein hämisches Grinsen um die Lippen. Die Szenerie muss den Eingeweihten wie ein gespenstisches Wunder anmuten.

»Heh Charlie, verlässt ja dein Nest! Bist wohl flügge geworden?« höhnt der Erste aus der Runde. Grölendes Gelächter dröhnt durch den Raum. »Gehst wohl wieder in die Welt hinaus!« tönt es aus einer anderen Ecke. Erneut brodelndes Johlen und biegendes Lachen. Ein erbärmliches Gefühl würgt in mir hoch. Für einen Moment kann ich es nicht einmal hinunterschlucken.

Wie viele Jahre mag der Mann schon in seiner dunklen Ecke hausen? Ein, zwei, fünf, zehn Jahre? Panische Angst, bei jeder Bewegung von seinen Kumpanen mit ätzendem Spott übergossen zu werden, muss ihn nahezu zerfressen. Das Sprechen hat er sich schon abgewöhnt. Wahrscheinlich haben sie ihm jedes Wort in sein Maul zurückgestopft, als er sich noch zu wehren pflegte. Er war nicht mehr in der Lage, mehr zu nehmen. Die Gewohnheit hat ihn taub gemacht. Wieviel Entwürdigung kann ein Mensch überhaupt aushalten?

Der alte Mann ist schon in der Nähe unseres Tisches angelangt. Jetzt ist sein Entschluss nicht mehr rückgängig zu machen. Da wittern die anderen eine Chance. Zwar hatten sie uns bisher keine besondere Aufmerksamkeit geschenkt, doch jetzt rücken sie uns in gespielter Besorgnis in ihren Mittelpunkt.

»Heh Charlie, du wirst doch die fremden Gäste nicht belästigen wollen?« versucht einer in willkommener Beschützerrolle den Alten zu stoppen.

»Lassen Sie ihn nur«, wehre ich ab. »Er ist doch sicherlich ein netter alter Mann.« Das schadenfrohe Gewieher lässt meine Worte schmerzlich ironisch klingen. Ich beiße mir auf die Lippe.

Das Gesicht des alten Mannes ist jetzt voll dem Lichtschein einer Lampe ausgesetzt. Das schüttere strähnige Haar klebt fettig um die Schläfen. Unzählige Furchen haben sich in sein Gesicht gegraben. Die grauen Bartstoppeln lassen es wie ein vernachlässigtes Brachfeld aussehen. Unter seinem halbgeöffneten Mantel ist ein dicker Sweater sichtbar. Dem Muster und der Wolle nach könnte er eine Handarbeit aus Irland oder von den Shetland Islands sein. Vielleicht ist es die letzte Strickarbeit seiner Frau. Die ehemals weiße Farbe ist von einem speckigen Grau überzogen. Auf der oberen Hälfte des Brustteils schimmern silbrige Fäden. Der Mantel wirkt jetzt noch schäbiger, als es von weitem den Anschein hatte. Von der Hose ist nur die untere Partie der Hosenbeine deutlicher sichtbar, deren Säume durch das wechsellose Tragen völlig abgestoßen sind. Sie stülpen sich über ausgetretene Schuhe, die ihre Farbe schon längst verloren haben.

Unsere Blicke haften noch immer aneinander. Nur einmal, etwa auf halbem Wege, hat er seine Augen niedergeschlagen. Für einen Augenblick hatte es den Anschein, als wäre die Scham stärker als der Wille. Aber dann setzte er doch seinen Weg fort.

Eine unsichtbare Kraft zwingt mich von meinem Stuhl hoch. Bif, der sich inzwischen auch leicht umgewandt hatte, sah unverhofft den Alten neben sich stehen. Mit leicht angewidertem Blick musterte er kurz die asoziale Erscheinung wie ein Phantom aus dem Jenseits. Dann wandte er sich wieder ab und zündete sich eine neue Zigarette an. - Diese Haltung Bifs ist nicht Ausdruck hochnäsiger Menschenverachtung, sondern das Produkt einer vielleicht gutgemeinten Erziehung. Nicht, dass er aus vornehmem Hause stammte. Ganz im Gegenteil. Bifs Eltern, die ein einfaches Leben führten, waren immer darauf bedacht, »dass er es einmal besser haben, es zu etwas bringen sollte«. Nun hatte auch das Glück den Eltern einen hochintelligenten Stammhalter geschickt. Doch die Gesellschaft ist grausam. Wer von unten kommt, muss an den Füßen der Oberen vorbei. Schon als Schuljunge war Bif diesem Gesellschaftsspiel ausgesetzt. Auch wurde er oft wegen seines molligen Aussehens und seines Namens - seine Eltern hatten ihn Bonifazius getauft - gehänselt. Diese Erfahrung trieb ihn in die Sucht, seine Intelligenz als Vergeltungswaffe einzusetzen. Angegriffen, konnte er sehr verletzend sein. Dann rissen seine rasiermesserscharfen Worte tiefe Wunden. Trotzdem ist Bif ein wunderbarer Kamerad, ein Freund, aber geprägt von einer selbst-anerzogenen Ästhetik, die gelegentlich in unnatürliche Heikelkeit, ja Ekel ausartet. - Als er mich aufstehen sieht, macht sich ungläubiges Entsetzen auf seinem Gesicht breit.

»Heh, du spinnst wohl! Halt dich da raus!« raunzt er mir mit gutgemeintem Rat zu.

Der alte Mann verharrt an seinem Platz. Es hat den Anschein, als wolle er nicht zu aufdringlich wirken. Dann durchbricht er mit schwankender Stimme die Zyklopenmauer, die er so lange um sich aufgetürmt hatte. Die Worte fallen ihm schwer auf die Zunge. Die sich immer wieder aufwerfenden Falten auf seiner Stirne lassen erkennen, wie er nach Formulierung ringt.

»Hallo«, wagt er den ersten schüchternen Kontakt. »Ihr - kommt - vom - Festland? - Frankreich?« Ängstlich lauernd wartet er auf meine Reaktion. Ich schüttle den Kopf.

»Wir kommen vom Festland«, nehme ich seinen vorsichtig gesponnenen Faden auf. »Wir« - ich deute dabei auf Bif, dem es offensichtlich unangenehm ist, in die Unterhaltung miteinbezogen zu werden - »sind deutsche Studenten und wollen die Insel näher kennenlernen.«

Als der Alte hört, woher wir kommen, gibt er seine Zurückhaltung auf. Wir sind überrascht, denn er spricht uns jetzt in unserer eigenen Muttersprache an. Er gibt sich große Mühe, die Worte verständlich zu artikulieren: »Ah, aus Deutschland. Kenne Deutschland. Hab dort gearbeitet. Schon dreißig Jahre her.« kommt es jetzt flüssiger aus ihm heraus, wobei seine nuschelnde Stimme eine schwarze Reihe fehlender Zähne offenbart. Die fremde Sprache gibt seiner Zunge ihre natürliche Funktion zurück, hebt ihn ab von den Lauten seiner Umwelt, die keine Kommunikation zulässt. Ein triumphierender Glanz schimmert in der Tiefe seiner hohlen Augen. In seiner Aufregung macht er zwei unbestimmte trippelnde Schritte nach vorn. Ich schaue mich nach einem freien Stuhl um, rücke ihn an den Tisch heran und gebe dem Mann mit einer Geste zu verstehen, Platz zu nehmen.

»Setzen Sie sich doch!« füge ich sicherheitshalber noch hinzu. »Darf ich Ihnen eine Zigarette anbieten?«

Bif versteht die Welt nicht mehr, als ich wie selbstverständlich eine Zigarette aus seiner Schachtel auf die Hälfte herausschüttele und sie dem Mann hinhalte. Mit zitternden Fingern ergreift dieser das weiße Papierröllchen und steckt es sich unbeholfen in den Mund. Ich reiche ihm Feuer. Schon der erste Zug löst einen Hustenreiz bei ihm aus. Da wird mir klar, dass es für ihn seit langem wieder die erste Zigarette ist. Vielleicht lässt er sich sogar nur aus Höflichkeit uns gegenüber in das Rauchabenteuer ein, um den einmal geknüpften Kontakt nicht wieder zu verlieren.

Der Hustenanfall löst sofort spöttisches Grinsen und dumpfes Gelächter am Nachbartisch aus. Unerwartet zeigt der alte Mann eine Reaktion - kaum erkennbar, aber doch mit einer gewissen Heftigkeit: Ein schneller, verächtlicher Blick, der den Gestalten am Tisch hinter ihm gilt, rollt in die rechten Ecken seiner Augenwinkel. Aber er wagt es nicht , sich umzudrehen.

»Hat mir gut gefallen in Deutschland. Schönes Land. Aber viel Arbeit,« greift er unsere Nationalität wieder auf. Es klingt, als wolle er schablonenhaft und doch gezielt sein eigenes Land gegen das Unsere ausspielen. Seine Heimat liegt entrückt in einem fremden Teil der Erde - dreißig Jahre zurück, bereits legendenhaft verklärt und unerreichbar fern. Dieser Mann hat sich schon längst in die innere Emigration zurückgezogen. Oder hat man ihn dorthin getrieben? Wir müssen ihm wie die "weißen" Götter der Azteken erschienen sein, wie die personifizierte Hoffnung, von Versklavung und unsäglichen Qualen erlöst zu werden. Wo nur die freiwillige Auslieferung, die Preisgabe des eigenen Ich an diese fremden Wesen eine menschenwürdige Existenz gewährleistete. Sich fallen lassen, um zu zerschmettern oder aufgefangen zu werden - beides würde Erlösung bedeuten.

»Ihr seid gute Jungs, gute Jungs,« murmelt der Alte in der ihm eigenen nuscheligen Stimme. Seine Worte klingen wie eine Beschwörungsformel. Impulsiv greift er nach meiner Hand und hält sie schützend zwischen den seinen, während er auf mich einredet. Immer wieder beschwört er die Vergangenheit herauf. Für ihn bedeutet diese Art von Gegenwart die einzige Form menschlicher Existenz.

Ich spüre die raue, schwielige Oberfläche seiner Haut über meinen Handrücken kratzen. Bakteriengefüllte Risse laufen in schwarzen Linien über seine Hände, die wie Maulwurfschaufeln aus den abgeschlissenen Manschetten seines Hemdes herausragen. Eine sanfte Erregtheit lässt seinen Körper leicht vibrieren und spült die aufgetauten Gefühle in Form von Speichel aus seinen Mundwinkeln. Es ist seltsam. Ich empfinde keinerlei Ekel vor den herabtropfenden Silberfäden, die sich jetzt in dickerer Form an seinen Pullover und an meine Hose hängen und das Licht in schillernde Streifen zerlegen. Ich muss unwillkürlich an Bif denken. Er muss sich speiübel fühlen bei dieser tierischen Sekretion.

Er konnte es nie verstehen, wenn ich mich zu Pennern auf eine Parkbank setzte oder ein Zwei-Euro-Stück in eine aufgehaltene Hand drückte, wobei ich immer nur hoffte, dass es in etwas Essbares umgesetzt würde. Aber im Grunde war ich mir im Klaren darüber, dass das Geld im nächsten Bierautomaten verschwinden würde. Wir haben oft hitzige Debatten darüber geführt. Aber keine Seite konnte bisher genügend Überzeugungskraft aufbringen.

Bif schaut schon zum zweiten Mal demonstrativ auf die Uhr. »Es ist schon spät. Komm, wir hauen ab!« versucht er seinem Wunsch, diesen für ihn jetzt unangenehmen Ort zu verlassen, Nachdruck zu verleihen.

Der alte Mann registriert instinkthaft Bifs Ungeduld. Er begreift, dass der Augenblick des Abschieds gekommen ist. Diese unerbittliche Erkenntnis scheint ihm für einen Moment den Atem zu nehmen. Er wirft Bif einen wehmütigen, Verständnis erheischenden Blick zu. In seinen Augen spiegelt sich plötzlich die nackte Angst, denn er weiß zu genau, was unser Abschied für ihn bedeutet. Verzweifelt unternimmt er einen letzten Versuch, das Gespräch nicht abreißen zu lassen.

»Habt ihr schon ...?« -

Bif steht bereits. Die Kneipe schließt bald. Der Alte versteht. Mit verzweifelter Höflichkeit beginnt er seine Abschiedszeremonie, ringend um jede Sekunde, die die endgültige Trennung hinausschiebt. Wir stehen auf.

»Ihr seid gute Jungs, ihr seid gute Jungs«, kommt es immer wieder über seine Lippen. Wiederholt lehnt er sich, Halt suchend, an meine Seite und reibt mir dabei mit seiner rechten Hand beinahe liebevoll über den Rücken. Als er zum letzten Abschied müde die Hand erhebt, macht er eine leichte Verbeugung. Trotz des schmerzlichen Lebewohl strahlen seine Augen in tiefem Glücksgefühl. Seine Seele scheint in dem Wasser zu ertrinken, das der geschmolzene Eisblock in seinem Inneren freigesetzt hat. Zögernd dreht er sich um. Dann geht er langsam, aber mit festem Schritt in seine Ecke zurück.

Als ich mich an der Theke noch einmal umdrehe, hat sich der Alte schon wieder in seine Muschel verkrochen. Nur die Augen leuchten in dem Halbdunkel noch wie zwei kleine Fixsterne. Wenn das letzte Feuer erkaltet ist, werden sich die Schalen wieder ganz fest geschlossen haben.

Der Verlust

I

Steinmann stand in der Masse gleichspezifischer Körper eingeklemmt. Er konnte keinen Finger rühren. Die unmittelbare Nähe zum Nachbarn erstickte jeglichen Bewegungsdrang. Schon der Gedanke an Freiheit erstarrte in kristalliner Statik, prallte vibrierend, metallisch nachklingend an der spröden Dichte der geschlossenen Oberfläche ab. Seine Welt war in absolutes Dunkel, nein, in totale Schwärze, wie sie nur ein geschlossener, lichtloser Raum erzeugen kann, gehüllt. Steinmann wollte die Augen aufreißen, um das Licht in sein Inneres hineinfluten zu lassen. Aber seine Augen schienen verklebt. Wie sehr er sich auch anstrengte, seine Lider öffneten sich nicht einen winzigen Spalt. Bei dem Versuch, die Anstrengung durch die Nase freizulassen, stellte er fest, dass es keinen Ablass ins Freie gab. Die Ausgänge waren verstopft, zugestöpselt. Ein Seufzer waberte durch die klobige Gestalt und suchte einen Weg, sich durch den Mund der Außenwelt kundzutun. Doch die Lippen schienen ihm wie zugenäht, zugeschweißt. Der Druck des Wollens flutete in den Körper zurück wie eine vom Felsufer zurückgeworfene Welle, die in gebremster Wut aufschäumt, sich dann aber doch der stärkeren Macht beugt. Angst durchlief Steinmanns Körper. Hatte er etwa kein Gesicht? War er ein gesichtsloses Wesen. Bestand er nur aus reliefloser Struktur? - Sein Gefühlsleben begann jetzt zu vibrieren. Ja, ein Gefühl hatte er, und bis zu einem gewissen Grad konnte er auch gedankliche Strukturen knüpfen. Sein einfaches, aber existenzbestimmendes COGITO ERGO SUM führte ihn zu der Bewusstheit seines Daseins. Seine Erfahrungswelt war wie die eines stummen Blinden auf den Kern der Existenz zusammengeschrumpft. Dieser Defekt wurde jedoch durch eine zutiefst ausgeprägte Sensibilität ausgeglichen.

Ein dumpfer Knall riss ihn aus seiner geistig-körperlichen Agonie. Er spürte, wie der Druck auf seiner Vorderseite allmählich nachließ. Die Frontreihe schien sich erst langsam, dann immer schneller von ihm wegzubewegen, und plötzlich war sie vollkommen verschwunden. Zum ersten Mal verspürte er nach vorn hinaus das Gefühl der Freiheit. Am liebsten hätte er jetzt tief durchgeatmet und wäre auf und davon marschiert. Er musste alle seine Kräfte zusammennehmen, um dieser Versuchung zu widerstehen und damit die widerstrebenden Kräfte zur Machtlosigkeit zu verdammen. Über seine Oberfläche registrierte er vor sich eine hektische Betriebsamkeit. Das Rumpeln, Dröhnen, Tuckern und Rufen der Außenwelt setzten sich über die Luft- und Bodenschwingungen in seinem Körper fort. Zu diesem Zeitpunkt konnte Steinmann froh sein, keinerlei Körperöffnungen zu besitzen. Der Staub, der in unregelmäßigen Wolken aufwallte, hätte ihm sämtliche Zugänge verklebt.

Nach einiger Zeit der Ruhe bemerkte Steinmann plötzlich, wie jemand hinter seinem Rücken herumhantierte. Es klopfte und bohrte - zunächst an seiner rechten, dann an seiner linken Schulter vorbei. Ein metallisches Stochern ließ ihn vermuten, dass in der Reihe hinter ihm eine unerklärliche Unruhe ausgebrochen sein musste. Aber noch war er in ihre Gemeinschaft eingebunden, denn er verspürte keinerlei Abwehr- oder Abstoßungsreaktionen. Nach einiger Zeit der Ungewissheit hatte sich die Lage wieder beruhigt.

Um so gewaltiger riss ihn ein erneuter Knall, dieses Mal unmittelbarer und direkter, aus seiner Gravitation. Mit einem kurzen Ruck wurde sein Körper durchgeschüttelt. Jemand schien ihm den Boden unter dem Standbein wegzuziehen. Ein leichtes Schwindelgefühl machte sich vor allem im oberen Bereich breit. Seine wuchtige Masse geriet zunehmend aus dem Gleichgewicht. Er merkte noch, wie er sich nicht mehr auf den Füßen halten konnte. Dann donnerte er, dem Gesetz der Schwerkraft gehorchend, entwurzelt, gliederlos auf seine Vorderseite. Er konnte nicht einmal Hände zum Schutz vor dem Fall nach vorne ausstrecken. Als sich die Staubwolke, die er krachend vom Boden aufgewirbelt hatte, wie ein dünner werdender Schleier verzog, gab sie, erst zögernd, dann entschlossener den Blick auf die Tat frei. Steinmann war von dem Sturz noch völlig benommen und daher außerstande, das bewundernde Staunen des Umfeldes, nicht einmal über seine sensible Oberfläche, wahrzunehmen. Er lag nur da. Ein rechteckiger Koloss, dessen massige Wucht, selbst in diesem statischen Zustand, eine erhabene Autorität ausstrahlte. Er war von beeindruckender Statur, deren kristalline Struktur, die sich vom Rücken über die Seiten zog, ihn zu einem ästhetischen Raumgebilde machte. Dieser Eindruck wurde auch nicht von ein paar zackigen Randlinien, die sich an den Seiten uneben abhoben, beeinträchtigt.

Als Steinmann wieder zu sich kam, hatte er wenig Zeit zur Besinnung. Stahlharte Finger bohrten sich wie Zähne unter seinen Leib und fügten ihm schmerzhafte Schürfwunden zu. Noch hatte er nicht begriffen, dass er seine Jungfräulichkeit verloren hatte. Er war jetzt freigelegt, dem bergenden Schoss entrissen, seinem Herrn ausgeliefert. Wie nackte Kreatur lag er schutzlos im Raum. Wie Spielzeug wurde er emporgehievt, wobei ein Windstoß spielerisch um seine Kanten strich, - und wieder polternd fallen gelassen. Wenig später hatte er das Gefühl, dass seine ruhende Last nahezu schwerelos dahinglitt.

II

Der Fahrer steuerte sein Gefährt sicher über die unbe-
festigten Wege durch die Schlucht. Der gut gefederte Kas-
tenwagen, der gewöhnlich tonnenschwere Last transpor-
tieren musste, geriet mit der einsamen Fracht kaum ins
Wanken. Steinmann genoss dieses Gefühl des Fließens.
Doch er fühlte sich beobachtet.

Der Mann neben dem Fahrer hatte sich nach hinten
gedreht und warf einen prüfenden Blick durch das Sicht-
fenster, das in die Rückwand des Führerhauses geschnitten
war, auf das gerade erstandene Objekt. Mit zufriedener
Mine wandte er sich wieder in Fahrtrichtung.

Als der Lastwagen in das Privatgrundstück einbog, gab
der Beifahrer in fiebernder Freude seine Anweisungen, wo
die Fracht abzuladen sei. Der letzte Akt dieses Unternehmens bestand darin, das Objekt auf die Füße - oder war es
der Kopf? Steinmann war es egal. Er war flexibel genug -
zu stellen. Nun war die Stunde gekommen, in der Steinmann auf dem Altar der Kreativität einem unsichtbaren
Gott der Kunst geopfert werden sollte.

Das Dröhnen und Scheppern des abfahrenden Trans-
portvehikels verlor sich auf der ausgebauten Straße. Zurück blieben zwei Wesen, die noch nichts so recht miteinander anzufangen wussten, obgleich ein jedes schon eine
vage Vorstellung seines Gegenüber hatte.

Steinmann veranlasste die eingetretene Ruhe zu alter
Selbstbesinnung. Er fühlte jetzt wieder jedes Kristall in seinen Adern. Auch bemerkte er, dass sein Atem tiefer ging
als je zuvor. Der Luftschub, den er über die ausgespannte
Oberfläche erfuhr, nahm ihm fasst sein Bewusstsein.

Jedes Atom, das in seinem Körper pulste, sog gierig die Strahlen der Umwelt auf. Steinmann registrierte die Kühle der Wiese, auf die man ihn platziert hatte. Wärmere Impulse aus unregelmäßigen Abständen deuteten leicht abgetretene Stellen an. Eine leichte Brise strich um seine Kanten und ließ ihn das Gefühl von Freiheit erahnen. Er fühlte sich wohl an diesem Platz. Doch es mischten sich Zweifel über den Sinn dieser neuen Existenz in sein Wohlbehagen. Früher, ja, da gab es das Gefühl der Zusammengehörigkeit. Jeder hatte seine Stütze für und in dem anderen. Das Gesetz der Natur war ihr Verstand, ihre Teleologie. Jetzt schien er in eine neue Existenz geworfen, ungewollt. Die gewonnene Freiheit, sofern es eine solche war, lieferte ihn einer nicht gekannten Verlorenheit aus. Wer sagte ihm nun, was zu tun sei? Wonach kann oder soll er sich richten? - Mitten in diese physikalischen Denkanstöße wogte ein Wärmeschwall. Steinmann konnte ihn genau orten. Er bewegte sich über die rechte Vorderkante auf ihn zu. Diese mobile Wärme hatte etwas Bedrohliches an sich. Seine Kristalle begannen sich vor Aufregung immer heftiger anzustoßen. Und als sich eine warme Fläche auf seiner Oberkante festzusaugen schien, fingen die Atome an zu schnurren wie ein Geigerzähler, der auf ein Urannest gestoßen war.

Diese Wärmeeinheit hieß Wachter. Milan Wachter. Er hatte lange Zeit vor seinem Objekt gestanden und es respektvoll mit den Augen abgetastet. Er umkreiste es und nahm alle Seiten in Augenschein. Schließlich verspürte er den Drang, diesen Klotz zu berühren. Er ging entschlossen auf ihn zu und legte seine Hand auf die solide Materie. Die Kühle der Oberfläche floss in seinen erhitzten Körper wie ein Beruhigungsmittel. Michelangelos Bild des überspringenden Lebensfunkens wurde in dieser Abgeschiedenheit plastische Realität. Die Interaktion von objektiv kalten und subjektiv überhitzten Atomen initiierte eine Symbiose, die auf ewige Dauer angelegt schien. Wachter war mit sich und seiner Welt zufrieden. Doch seine Glücksgefühle blieben kontrolliert. Er wusste, dass er heute nicht mehr beginnen konnte, nicht mehr beginnen durfte. Von Anfang an hatte er sich dieser selbstauferlegten Beschränkung unterworfen, dass über Nacht erst noch das, was im Augenblick nur als eine undefinierte Verbindung existierte, fester zusammenwachsen musste. Und doch war ihm klar, dass diese Nacht nicht eine Ruhe vor dem Sturm wäre, sondern sich nur in Stunden, Minuten und Sekunden sezieren würde, ohne ihren tickenden Lauf auch nur für eine Hand voll Schlaf auszusetzen. Wachter blieb noch eine Zeit lang, eng verbunden mit seinem Objekt, stehen. Seine ganze Aufmerksamkeit war auf das Material konzentriert. Hypnotisch schien er den unförmigen Koloss auf seine zukünftige Form vorzubereiten. Seine Gedanken schwebten in zunehmend größer werdenden konzentrischen Kreisen aus der fesselnden Gegenwart in den frühen Morgen der Tat. Aus dieser fernen Welt löste er schließlich die gesuchte Bindung und begab sich gedankenversunken in sein kleines spitzgiebeliges Haus.

III

Im engen Vorraum blieb Wachter zögernd stehen, unentschlossen, ob er die linke oder die rechte Tür öffnen solle. Letztere führte durch die Außenmauer, die zu diesem besonderen Zweck durchgebrochen worden war, in einen scheunenartigen Anbau, den Wachter in langwieriger Eigenarbeit an das ziegelgemauerte Häuschen angeschlossen hatte - sein Atelier. Die stets präsente Versuchung, nachzusehen, ob die benötigten Werkzeuge zumindest griffbereit auf der ausgedienten Werkbank, die er von einer aufgelösten Schreinerei billigst erstanden hatte, zurückgelegt waren, ließ ihn für einen Augenblick seinen Vorsatz vergessen. Wachters rechte Hand schob sich schon verdächtig nahe an die Türklinke. Im letzten Moment drehte er sich aber doch der linken Türe zu und drückte sie mit entschlossenem Ruck auf.

Der Blick wurde jetzt frei auf einen Raum, der beinahe das gesamte Erdgeschoss einnahm. Nur direkt neben dem Einlass war eine Kochnische ausgespart, die zweckmäßig und mit modernsten Küchengeräten ausgestattet war. Das großzügig bemessene Zimmer war unaufdringlich, aber dennoch deutlich erkennbar, in zwei ungleiche Bereiche gegliedert. Der kleinere der beiden, der der Küche genau gegenüber lag - sich also rechts neben der Eingangstür befand - bestand aus einer Eckbank, deren noch wenig nachgedunkeltes Holz vermuten ließ, dass sie diesem Platz erst kürzlich speziell angepasst worden war; einem dunklen, großflächigen quadratischen Tisch, dessen Fußstützenleisten, die die Tischbeine an den unteren Enden miteinander verbanden, schon durch langjährigen Dienst reichlich abgewetzt waren, und zwei Stühlen, deren Verschiedenheit und Alter darauf schließen ließen, dass der Sperrmüll wieder einmal reiche Beute abgeworfen hatte. Eine weitgebogene Lampe mit Leinenschirm hing tief auf den Tisch herunter.

Mit einer kurzen Kippbewegung des Zeigefingers seiner rechten Hand tauchte Wachter diesen Teil des Raumes, der in der einsetzenden Abenddämmerung durch die weiter nach hinten versetzten Fenster nicht mehr ausreichend erhellt wurde, in ein warmes Licht. Wachter ließ die Tür mit einem sanften Schub hinter sich ins Schloss fallen und bog links in die Küchenzeile, die durch ihre unverschlossene Öffnung niemandem Eintritt oder Einblick verwehrte. Wachter wusch seine Hände im Spülbecken unter einem kräftigen Wasserstrahl und trocknete sie kurz mit gegenläufigen Bewegungen an einem dafür bereithängenden Handtuch ab. Dann löschte er aus einer angebrochenen Flasche Mineralwasser seinen ersten Durst. Die Zeit mit dem Block hatte ihm den Mund trocken werden lassen. Während er mit der Zungenspitze noch die letzte Feuchtigkeit von den Lippen leckte, machte er sich daran, eine kleine Brotzeit auf einem unregelmäßig geränderten Wurzelbrett herzurichten. Wachters Tun war im Augenblick nur dem Verlangen der Natur unterworfen. In der Tat schien der Gedanke an sein Gegenüber gegenwärtig ins Unterbewusstsein abgetaucht zu sein. Doch dieser Zustand des Vergessens währte nicht lange, und DIE AUFGABE stieg, noch während Wachter, mit auf den Tisch aufgestützten Ellenbogen, die letzten Bissen kaute, wie schon versiegt geglaubtes Grundwasser unaufhörlich bis in die kleinsten Nischen seines Bewusstseins empor.

Unruhe kroch in seine Adern. Er konnte vor dem leergegessenen, mit Krümelresten bestreuten Brotzeitbrett nicht länger sitzen bleiben. Er spürte, wie seine Gedanken in den Tabubereich zurückzufluten begannen. -

Natürlich hatte er eine Grundvorstellung von dem, was er morgen mit den ersten Handgriffen, den ersten Schlägen in die Tat umsetzen werde. Gerade wegen dieser Idee, die er schon geraume Zeit in seinem Innersten mit sich herumtrug, war er immer wieder mit suchenden Augen in dem Bruch umhergeirrt, bis er diese Gesteinsformation, diese Aderung entdeckt hatte. Aber es war gegen seine Prinzipien und Überzeugung, der Materie schon eine fertige, zu Ende gedachte Gestalt zu verleihen, bevor er überhaupt den ersten Schlag an das Werk angesetzt hatte.

Wachter suchte stets die Auseinandersetzung mit seinem Objekt in der Zeit der direkten Konfrontation, dem Augenblick höchster Kreativität. Er war beherrscht von dem faszinierenden Zusammenspiel von fließender Idee und der immer wieder zu überprüfenden Machbarkeit, der Unterwerfung dieses Objektes unter seinen imaginären Willen. -

Wachter erhob sich von der Eckbank und, nachdem er die Essensutensilien in die Küche geräumt hatte, schlurfte er in den geräumigeren Wohnbereich, zog eine CD aus dem futuristisch gestylten Regal, das ihm sein Freund Bogner zu seinem 50. Geburtstag geschenkt hatte, und schob dieses rundgestanzte Wunderwerk der Technik in das Abspielgerät, das er nie vom Stromnetz abschaltete. Dann stülpte er sich einen metallic-schwarzen Kopfhörer über die Ohren und machte es sich in einem nicht weit entfernt stehenden weichgepolsterten Sessel bequem.

Die Musik, die in solchen Nächten eines Neubeginns durch das Kabel in Wachters Ohren floss, war in jedem Fall eine klassische. Entweder widmete er diese Nacht Beethoven, Vivaldi oder Dvořák. Heute hatte er sich für Beethoven entschieden, denn er hatte eine Kassette aus der oberen Reihe des Regals gewählt. Wachter schloss die Augen und ließ sich ganz von der Musik forttragen. Ab und zu ließen ruckartige Bewegungen seiner Hände oder das kurze Hochstellen seiner Augenbrauen erahnen, was sich hinter dieser Mauer des Schweigens abspielte. Nach einiger Zeit deuteten die immer kürzer werdenden Intervalle zwischen den einzelnen unkontrollierten Bewegungen an, dass die anfängliche Harmonie aus dem Gleichgewicht geraten sein musste. Musik und Stimmung schienen sich in impulsiveren konträren Wellenbewegungen zu seismographischen Erschütterungen aufzuwerfen. Ein plötzlicher Griff nach dem Kopfhörer, ein pantherhaftes Hochspringen aus dem Sessel bereitete dieser Agonie ein jähes Ende. Wie ein gefangenes Tier wanderte Wachter jetzt, von einer unerklärlichen Unruhe getrieben, zwischen dem Mobiliar umher. Die formschöne Holzstehlampe, ein kleiner Hocker, der ausladende Ficus, ein Stapel Bildbände, der wie ein antiker Säulenstumpf eine freie Fläche des Dielenbodens beherrschte, zwangen Wachter dazu, auf seiner unsteten Wanderschaft immer neue Muster in den Raum und um die Gegenstände zu malen. Im Zentrum dieser unsichtbaren asymmetrischen Linien ragte, zum langgezogenen Fenster hin verschoben, wie eine Achse ein alter, holzgefertigter Ohrensessel, den er von seiner Großtante, die ihn schon von klein auf als ihren Lieblingsneffen bevorzugt hatte, geerbt hatte und erst kürzlich mit einem mit kleinen geometrischen Mustern bedruckten Stoff hatte beziehen lassen, wuchtig in das Zimmer. Gemildert wurde die Dominanz dieses Möbelstücks durch einen kleinen runden Beistelltisch, dessen feingemaserte Holzplatte auf einem gedrechselten Rundstab ruhte, der in eine dreibeinige Fußstütze auslief. Dieses Accessoire brach die Wuchtigkeit des Erbstückes zu einer harmonischen Einheit auf. Die Rundfläche des Tisches zierte stets ein Aschenbecher aus geschliffenem Glas, neben dem eine leicht gebogene Rundkopfpfeife aus Bruyèreholz und ein schwarzes Ledersäckchen, dem, kam man in seine Nähe, ein wahrnehmbarer leicht süßlicher Duft entstieg, griffbereit ruhten.

Die Zeit war inzwischen unmerklich fortgeschritten und die Außenwelt wurde schon längst von der schwarzen Nacht verschluckt. Steinmann fühlte sich unbehaglich in seiner neuen Umgebung. Er vermisste den ihn sonst umgebenden Schutz und die gewohnte Wärme unmittelbarer

Nachbarschaft. Kühle zog von allen Seiten an ihm hoch. Dazu kam noch eine nicht gekannte Feuchtigkeit, die ihn nahezu frösteln machte. Nur dieser Temperaturunterschied ließ ihn erahnen, dass sich um ihn herum ein gewaltiger Wandel vollzogen haben musste. Zur Einsamkeit kam jetzt noch der beinahe rhythmische Wechsel der atomaren Gefühle. Seine Umgebung war kalt geworden. Steinmann sehnte sich nach dem Morgen, obwohl er den Ablauf der Tageszeiten natürlich nicht nach den Veränderungen der Lichtverhältnisse - die Worte NACHT und TAG hatten für ihn keinerlei semantische Bedeutung -, sondern nur nach der neuerdings wechselhaften Geschwindigkeit der Atome seiner Seinsstruktur bemaß. Seitdem ihn der Wärmestrom Wachters verlassen hatte, kristallisierte sein Innenleben zu fließender Trägheit.

Die unharmonischen Kreisbahnen Wachters endeten, obwohl eben noch in Fluss, in der unvermittelten Entschlossenheit, sich kontrolliert einen Punkt der Ruhe zu suchen, vor Tantes hochlehnigem Sessel. Mit der linken Hand schob er den Hocker näher heran und ließ sich in das festgepolsterte Gestühl fallen. Die letzte Behaglichkeit erreichte er dadurch, dass er mit dem Rücken bis ganz an die Lehne heranrutschte, mit den Fußspitzen den Schemel auf die richtige Distanz zog und seine Fersen auf das daraufgebundene Sitzkissen lagerte. Mit ruhigen Bewegungen griff er nach Pfeife und Ledersack, zog die schnurversiegelte Öffnung des knautschigen Behälters auseinander und stopfte mit bewährtem Ritual den feingeschnittenen Inhalt in den Pfeifenkopf. Die lange Flamme des Gasfeuerzeuges schoss in die Öffnung der Pfeife, und die oberste Schicht des Tabaks krümmte sich, aufglühend, wie im Schmerz und gab dann die Hitze an die tiefer liegenden Schichten weiter. Den rechten Ellenbogen so auf die Armlehne gestützt, dass er das Endstück der Pfeife in einer beinahe geraden Linie an den Mund führen konnte, sog er den gefilterten kühlen Rauch in die Mundhöhle, ließ mit mehreren, kaum hörbaren floppenden Lippenbewegungen einige Paffwolken zur Zimmerdecke aufsteigen. Über die gleichmäßigen Saugbewegungen fanden Geist und Körper zur alten Ruhe zurück. Wachter ließ sich wie auf einer Kinderrutsche in ein Stadium der Schwebe hinübergleiten und begann sich auf dem weichen langgestreckten Kissen seiner inneren Balance zu entspannen. Würden nicht die graublauen Rauchwolken, die sich ihren Weg teilweise durch Wachters buschigen Oberlippenbart bahnen mussten und sich gelegentlich für Sekunden in reusenartigen Verstrebungen besonders kräftiger Barthaare verfingen, in regelmäßigen Schwaden deckenwärts kräuseln, müsste man die Person in dem blau-weiß gestreiften Pullover und der Jeans mit den an den großen Zehen schon reichlich dünngewetzten Sockenspitzen für eine in Stein gehauene Figur halten, die den Eindruck einer gerade ablaufenden geistigen Arbeit vermittelte, vergleichbar dem DENKER Rodins, jetzt allerdings mit dem Additum der Pfeife.

Doch in einer solchen Nacht schien es Wachter nicht beschieden, dieses seelische Gleichgewicht für längere Zeit konservieren zu können. Das hingegossene Bild eines abendlichen Equilibriums begann langsam in seinen Farben zu zerfließen. Den langgestreckten Beinen behagte die parallele Stellung nicht mehr. Ein langgedehntes Ziehen der Sehnen oder Muskeln konzentrierte die Aufmerksamkeit der Sinne auf die Niederungen des Körpers. Mit schleifendem Geräusch rutschte der Hocker, von den Fersenbeinen geschoben, näher und bot so den Knien einen steileren Stellwinkel. Doch die Ruhe war gestört und nicht mehr ins Lot zu bringen. Als Wachter sich dessen endgültig bewusst war, stieg er aus dem Bild, das er für einige Zeit selbst hingemalt hatte und steuerte auf ein Regal zu, in dem sich Bücher unterschiedlichster Größe und Dicke dicht aneinander reihten. Er tippte suchend mit dem Zeigefinger ein, zwei, drei Buchrücken an und angelte, fündig geworden, ein Exemplar mit dunkelgrünem Leineneinband heraus. Der Inhalt dieses Buches hatte ihn trotz seiner widerstrebenden Prinzipien also doch schon eine geraume Zeit beschäftigt. Wachter drehte das Buch auf die Frontseite und blickte sinnend auf die hellroten Schriftzüge: HENRY MOORE. Bestätigend nickte er sich selbst zu, schlenderte, das Buch am langen Arm leicht hin und her pendelnd, auf seine Ruheoase zu. Er legte das Werk auf den runden Beistelltisch neben Aschenbecher, Pfeife und Tabaksäckchen, setzte sich jedoch nicht gleich nieder, sondern ging um den Ficus herum in die Küche. Mit einem Glas und einer Flasche kam er zurück. Diesmal wählte er den Weg um die Holzstehlampe, da auf dieser Seite des Tisches noch genügend Platz für die neuen Utensilien zur Verfügung stand und er diese dort bequem abstellen konnte. Der oben aufgesteckte Korken, den er nun entstöpselte, ließ erkennen, dass es sich um eine bereits angebrochene Weinflasche handelte. Er goss den hellgoldenen Inhalt - er genoss diese Sorte bereits in der dritten Generation - in das schlicht gestaltete Glas, setzte den Korken wieder auf und das bauchige Gefäß dann doch neben Tisch und Ohrensessel auf dem Boden ab. Auch so konnte er aus seiner Sitzposition heraus jederzeit ohne Mühe nachschenken. Nachdem er es sich wieder auf dem Lehnstuhl bequem gemacht hatte, nahm Wachter erst einen Schluck aus dem Glas, griff dann nach dem Buch. Er schaute auf die Oberkante des Bandes, aus der eine Reihe ausgezackter Zettel herausragte, denn er war auf der Suche nach einer ganz bestimmten Stelle, die er sich auch auf einem der ausgefransten Merkhilfen notiert hatte. Mit Daumen und Zeigefinger zog er im ersten Drittel des Buches ein paar dieser Zettel heraus, um deren Hinweise zu überprüfen. Schließlich schien er die gesuchte Stelle gefunden zu haben, denn sein Fingernagel schob die Seiten, in denen ein intensiv beschrifteter Merkzettel steckte, auseinander. Jetzt klappte Wachter mit beiden Händen das Buch ganz auf.

Sein Blick richtete sich sogleich auf eine bereits rot eingeklammerte Stelle, und Wachter begann zu lesen:

»Die Wertschätzung der Bildhauerei hängt ab von der Fähigkeit, Form in Dreidimensionalität umzusetzen. Dies ist vielleicht der Grund, warum Bildhauerei schon immer als die schwierigste aller Künste angesehen wurde. Der Bildhauer muss sowohl die intellektuelle als auch die emotionale Anstrengung unternehmen, Form in ihrer vollen räumlichen Existenz zu begreifen. Er gestaltet die festgefügte Form, wie sie sein soll, in seinem Kopf. Ganz gleich, von welcher Größe sie ist, er stellt sie sich vor, als ob sie vollkommen in seiner hohlen Hand eingeschlossen wäre. Vor seinem geistigen Auge erscheint eine komplexe Form, die sich ihm von allen Seiten erschließt. Während er eine Seite betrachtet, visualisiert er gleichzeitig die scheinbar unsichtbare Gegenseite. Er identifiziert sich mit ihrem Gravitationszentrum, ihrer Masse, ihrem Gewicht. Er begreift ihr Volumen, den Raum, den sie in ihrer Umgebung beansprucht.

Ein Stein kann durchlöchert sein und verliert doch nichts von seiner Kraft - wenn das Loch eine wohlproportionierte Größe, Ausformung und Richtung besitzt. Nach dem Prinzip des Bogens kann es die gleiche Stärke aufweisen.

Das erste Loch, das der Bildhauer durch den Stein stößt, ist wie eine Offenbarung. Der Durchbruch verbindet die eine Seite mit der anderen und macht auf diese Weise augenblicklich die Dreidimensionalität noch intensiver spürbar...«

Wachter legte das Buch aufgeschlagen auf den Schoss und lehnte seinen Kopf nach hinten in die weiche Polsterbespannung. Wie glühende Funken waren ihm die Buchstaben dieser Passage immer wieder in das Bewusstsein gesprungen, denn er hatte die Sätze vor langer Zeit einmal auswendig gelernt. Der Stein hatte sie bei ihrer ersten Begegnung aus der schon verglimmenden Tiefe geholt. Wachter fühlte sich erleichtert. Er war jetzt endgültig bereit für die Auseinandersetzung. Mit der fallenden Last kroch die verdrängte Müdigkeit in jeden Winkel des wehrlosen Körpers. Wachter glitt ungewollt in einen tiefen Schlaf.

IV

Steinmanns zeitgewordene Existenz, die ihm in der Stille der Nacht nahezu unerträglich zu werden schien, wurde durch sich akkumulierende Tonschwingungen in sekundenzerhackte Endlichkeit zurückgeführt. Der schwarzgraue Morgen keimte in diesem naturbelassenen Winkel zu dem rhythmisch wechselfälligen Leben gestirngebundener Gesetzmäßigkeit zurück. Wie Fühler streckte Steinmann seine kristallinen Schwingungen aus, um die Wärme, die ihn vor einiger Zeit gänzlich aus der Balance geworfen hatte, wiederzufinden.

Er musste nicht lange warten, denn Wachter, von seiner inneren Uhr geweckt, hantierte bereits in seiner Werkstatt und suchte die notwendigen Gerätschaften zusammen. In einer hölzernen Tragekiste mit dickem mittigen Querhenkel, die in unterschiedlich große Fächer eingeteilt war, schleppte er sein gewichtiges Handwerkszeug über die Grasfläche und blieb in respektvoller Entfernung vor seinem Objekt stehen. Er setzte die Kiste ab und umrundete den massigen Quader, als wolle er einen magischen Kreis um sein Arbeitsfeld ziehen.

Steinmann geriet in Verzückung, als er die vertrauten Erschütterungen und die belebenden Wärmestrahlen registrierte. Da er noch keine Seitenfronten zugewiesen bekommen hatte, kreiste sein Bewusstsein stets konzentrisch frontal mit Wachters orbitaler Materie mit. Wachter, an seinem Ausgangspunkt angelangt, bückte sich zur Kiste hinunter, suchte kurz in einem der Fächer herum und entschied sich dann für einen Meißel mittlerer Größe. Vielleicht wollte er Steinmanns Widerstandskraft erst einmal abtasten, bevor er ihm seine Charakterlosigkeit aus dem Mineral schlug.

Als ich Wachter so auf Steinmann zumarschieren sah, den Meißel in der linken, einen schlagkräftigen Hammer in der rechten Hand, stieg in mir unvermittelt das Bild aus der Erinnerung, das sich seit meiner Kindheit unvergesslich in meinem Gedächtnis festgefressen hatte: Ein Schlachter auf dem Nachbarhof, in der linken Hand eine Bolzenmaschine, in der rechten einen Schlegel, nähert sich entschlossen einem wehrlosen Schwein, um ihm mit einem vernichtenden Schlag das Geschoss in das Gehirn und das Leben aus dem Leib zu jagen. Der Überlebensinstinkt trieb dem Tier den Angstschweiß bis in den Ringelschwanz, trieb ihm das blanke Entsetzen ins Maul, bis das verzweifelte Quieken abrupt mit dem Knall endete. Das lebendige Fleisch war jetzt nur noch dienstbare Materie.

Steinmann verspürte keinerlei Angst. Er hatte ein urgesetzliches Vertrauen in Wachter. Als ihm der erste Schlag ins Fleisch fuhr, zuckte er zwar unwillkürlich zusammen und spreizte sich für einen Moment. Doch dann merkte er, dass jeder absplitternde Brocken eine zunehmende innere Leichtigkeit des Seins bedeutete. Von da an konnte er die einzelnen Schläge schon gar nicht mehr abwarten. Er ging sogar soweit, seinen Körper für jede neue Formung geradezu zu prostituieren, denn er spürte zutiefst, wie ihn die Hammerschläge mit jedem abspringenden Splitter einem neuen Leben, ja einem Leben überhaupt, zuführten.

Wachter erkannte die Willigkeit des Materials und arbeitete wie ein Besessener, um die Gunst des Augenblicks zu nutzen. Mit jedem Schlag leitete er einen neuen Prozess von Kreativität ein, der seiner Imagination protheussche Züge verlieh. Sein Wesen war jetzt eins mit Steinmann geworden. Diese Einheit sollte erst mit der Vollendung des Telos und dem Abschluss des Schaffensprozesses ihren Höhepunkt und auch ihr gleichzeitiges Ende erreichen.

V

Nach drei Tagen intensiven Gebens und Nehmens fühlte Steinmann ein ätherisches Schweben, wie er es schon einmal erlebt hatte, als die gleitende Horizontalbewegung des Lastwagens die drückende Schwerkraft nahezu aufhob. Rundungen, Durchbrüche und Bögen haben nicht nur die Massigkeit des ruhenden Materials aufgehoben, sondern verliehen dem einst klobigen Block eine nur vom Künstler im voraus erahnte optische Leichtigkeit. Steinmann genoss seine neue Form und ließ seine geschmeidigen Kristalle durch alle Rundungen streichen. Er hatte alles gegeben, wozu seine Kraft ausreichte. Doch als die Kristalle in spielerischer Ausgelassenheit in allen Winkeln herumzutollen begannen, wurde ihm bewusst, dass er ein weiteres Freisetzen der Form nicht mehr verkraften könne. Sein kristalliner Spannungsbogen war ausgereizt. Jetzt durfte kein erneuter Eingriff erfolgen. Die Konsequenzen wären unabsehbar. Steinmann erlebte zum ersten Mal Existenzangst. Er war sich zum ersten Mal eines wirklichen, sinnerfüllten Lebens bewusst. Er wollte diesen unschätzbaren Gewinn nicht aufs Spiel setzen. Er war entschlossen, jedem erneuten Angriff auf seine Person erbitterten Widerstand entgegenzusetzen.

Während Steinmann über seiner Existenz brütete, saß Wachter in einiger Entfernung auf einem Regiestuhl und sinnierte über seine neue Schöpfung. Er spürte, dass er an einem Grenzpunkt angelangt war. Aber es war gerade diese übersinnliche Grenze, die eine ungeheuere Faszination auf ihn ausübte. Er wollte auf die andere Seite dieser Grenze blicken, so wie ihm die Durchbrüche in seiner Skulptur Ahnung und Reiz von einer anderen Seite vermitteln und den Betrachter neugierig darauf machen, das Objekt im wahrsten Sinne des Wortes zu umgehen, um das Dahinter zu erkunden. Nur konnte er als Schöpfer das Objekt nicht umgehen, er konnte es allenfalls hintergehen.

Wachter konnte der Versuchung nicht widerstehen. Der Schöpferinstinkt trieb ihn in die neue Dimension. Der Rest von Bewusstsein, vielleicht an seinem eigenen Fleisch und Blut schuldig zu werden, entschwand in nebulose Schatten. Mit ruhiger, entschlossener Hand führte er den ersten Schlag.

Steinmann stand wie gelähmt. Die Schläge raubten ihm fast die Besinnung, denn er stemmte sich mit all seiner Kraft gegen diese Vergewaltigung. Er krümmte sich nach vorn, bog sich im Schmerz zurück, wollte aufschreien. Seine Rundungen, die die Spannungen bisher aufhoben, wurden plötzlich zu Zentren eines unerträglichen Drucks, der an jedem Punkt zu zerren begann. Was konnte er tun? - Diesem Gewaltakt konnte er nur den stummen Protest der Materie entgegensetzen. Er wusste, was es bedeutete, wenn er in diesem Augenblick seinen Widerstand aufgab. Nur der Verlust seines Lebens konnte ihm die urtümliche Freiheit zurückgeben.

Wenig später hörte Wachter einen kurzen, harten, metallisch klingenden Knall.